DESEOS EN LA MONTAÑA

HOMBRES SALVAJES DE MONTAÑA - 3

VANESSA VALE

Derechos de Autor © 2021 por Vanessa Vale

Este trabajo es pura ficción. Los nombres, personajes, lugares e incidentes son producto de la imaginación de la autora y usados con fines ficticios. Cualquier semejanza con personas vivas o muertas, empresas y compañías, eventos o lugares es total coincidencia.

Todos los derechos reservados.

Ninguna parte de este libro deberá ser reproducido de ninguna forma o por ningún medio electrónico o mecánico, incluyendo sistemas de almacenamiento y retiro de información sin el consentimiento de la autora, a excepción del uso de citas breves en una revisión del libro.

Diseño de la Portada: Bridger Media

Imagen de la Portada: Hot Damn Stock; Deposit Photos: EpicStockMedia

¡RECIBE UN LIBRO GRATIS!

Únete a mi lista de correo electrónico para ser el primero en saber de las nuevas publicaciones, libros gratis, precios especiales y otros premios de la autora.

http://vanessavaleauthor.com/v/ed

1

$\mathcal{S}$ AMANTHA

Mi día laboral por fin se había terminado. Los dictados de los historiales de mis pacientes estaban completos. Colgué la llamada con la sala de recuperación y me alegró escuchar que el paciente de la apendicectomía de emergencia de la tarde estaba despierto y estable. Con las cuatro horas extra añadidas a mi guardia, me quité las gafas y me froté los ojos antes de volvérmelas a poner.

Me levanté del escritorio, alcé los brazos por encima de la cabeza y estiré la espalda. Me encontraba cubriendo a alguien de la emergencia, un hombre que fue a Texas por el nacimiento de su primer nieto, y además cubría mis deberes de siempre en el quirófano.

Miré mi reloj y saqué la cuenta: faltaban veintitrés horas y seis minutos para mi próxima guardia. Tenía que hacer la colada, limpiar el piso, terminar el último *thriller* de mi libro electrónico y dormir.

Dios, pero qué sosa era. Me emocionaba que mi día se tratase de leer un buen libro y meterme a la cama absurdamente temprano. Sola. Trabajar más de setenta horas a la semana me hacía ansiar dormir, no divertirme. Llevaba pocos meses en Cutthroat y todos los miembros del personal eran amigables, aunque yo fuera un bicho raro. No todos los días alguien se graduaba de médico a los veintidós ni terminaba el posgrado de cirugía a los veinticinco.

La mayoría de las enfermeras eran mayores que yo. Algunas eran incluso voluntarias. Mi edad y que fuese legal que sujetara un bisturí hacía que algunos pacientes entrasen en pánico al enterarse de que era yo quien los operaría.

Una enfermera de urgencias llamada Helen se detuvo frente a mí.

—¿Uno más antes de que se marche?

Me percaté de la mirada de disculpa en su rostro por haberme dado otro paciente. Para ser un hospital de pueblo, llevábamos todo el día ocupados. Tal vez era por la luna llena.

Me quejé internamente, pero asentí con la cabeza y cogí mi estetoscopio del escritorio y me lo colgué al cuello.

—Por supuesto. No pasa nada.

¿Qué más daba esperar un poco más? Ciertamente mi salvaje plan de leer en el sofá después del trabajo no se iba a ir a ninguna parte.

—Examen de próstata. —La comisura de su boca se inclinó hacia arriba, pero ese fue el único indicio de diversión que dio. Éramos profesionales sin importar la preocupación del paciente, aunque introducir los dedos en el recto de un desconocido no estaba en el tope de mi lista de cosas divertidas.

—Es la tercera vez este año. Eres nueva y no conoces al

señor Marx, pero es el habitante hipocondríaco de Cutthroat.

Sabía de ellos. Eran personas que, o bien leían demasiado en internet y se asustaban hasta el punto de venir a Urgencias o bien se sentían solas y querían una muestra de afecto. Con suerte, la revisión de próstata significaba lo primero y no lo segundo.

—Vale.

—Habitación tres.

Caminé hacia allí, llamé a la puerta y entré.

—Hola. Siento haberme tardado en llegar. Se trata de la sala de Urgencias y tuve una cirugía de urgencia. Soy la doctora Sam…

Mi saludo habitual se quedó a medio camino al vislumbrar al paciente. No era para nada el hombre de unos sesenta años, y excesivamente preocupado, que me esperaba. Alto, moreno y guapo eran los adjetivos adecuados para describir al tío que tenía enfrente, salvo que él era mucho más aún. Era alto; fácilmente medía medio metro más que yo. Tenía el pelo negro, y se notaba que su fecha de cortárselo había pasado hacía unas semanas. Estaba bien afeitado, aunque parecía que volvería a necesitar la cuchilla. Su mandíbula bien podría ser usada para medir ángulos perfectos. Llevaba un jersey negro y vaqueros; ambas piezas ajustadas que le quedaban a la perfección, lo que significaba que cada uno de sus músculos estaba deliciosamente exhibido. Cada uno de ellos. Me recordaba a Jason Momoa con el pelo corto. Y su mirada… penetrante, oscura, inquisidora, estaba centrada exclusivamente en mí.

No tenía ni idea de dónde provenían estas estupideces, pero no podía dejar de mirar el tatuaje que se le asomaba en la muñeca bajo la manga de la camisa. Por encima del olor antiséptico de Urgencias, percibí su aroma masculino y amaderado. Aroma que gritaba chico malo —no hipocondríaco— sin siquiera decir palabra. Y mi cuerpo respondió. Se calentó. Anheló.

Caí en la cuenta de que estaba ahí parada mirando... y de que tenía la boca abierta. Me ardían las mejillas por mi actitud. Yo jamás miraba así, pero nunca había visto a un tío tan bello.

—Perdone. Soy la doctora Smyth —repetí, terminando mi frase finalmente.

Su oscura ceja se alzó a medida que me evaluaba con la mirada. Me sentí desnuda, y mis pezones decidieron hacer acto de presencia, cosa que nunca había ocurrido, o al menos no a causa de un hombre. Y definitivamente nunca por un paciente.

—¿De verdad?

Levanté la barbilla y respondí lo de siempre.

—Sí. ¿Te parezco demasiado joven para ser médica? No te preocupes, ya he hecho esto.

—No, yo solo esperaba que Sam Smyth fuese un tío.

Fruncí el ceño. Me pregunté cómo sabía mi nombre de pila, pero estaba en mi placa enganchada al uniforme. Me dirigí al ordenador, saqué el historial del paciente, leí los detalles y supe lo que tenía que hacer.

—Sam es el diminutivo de Samantha. Quítese los vaqueros y la ropa interior, por favor.

Los ojos se le abrieron de par en par.

—Eso es nuevo —dijo.

Fui hacia el lavabo, me apliqué un poco de jabón en las manos y me las lavé mientras le miraba por encima del hombro.

—¿Eh?

—Yo soy el que suele decir eso.

—¿Eres médico?

Se rio.

—No. Soy un hombre al que le gusta tener el control. —Ladeó la cabeza, me estudió y me atravesó con esa mirada oscura—. Pero me apetece que tú lo tengas.

Parpadeé, reaccioné y cogí una toalla de papel mientras le observaba cruzar los brazos sobre su amplio pecho. La comisura de su boca se inclinó hacia arriba, sin duda divirtiéndose con lo nerviosa que me ponía. No sentía que tuviera nada de control.

—Vale. Quítese los pantalones y la ropa interior, por favor.

—No llevo ropa interior —replicó.

Me detuve a medio secar, procesé aquello, incluso le miré la entrepierna y supe que lo que fuera que se escondía bajo la tela era algo grande.

Me aclaré la garganta e intenté formular pensamientos profesionales, aunque estaba muy interesada en ver lo que tenía debajo. Y ese culo, vaya. Perdería mi licencia médica si alguien supiese de mis pensamientos.

—Entonces solo quítese los vaqueros. Lo haré rápido.

—¿Contigo? —Me observó nuevamente—. Vaya que sería rápido. La primera vez.

La primera vez. No estaba hablando de la evaluación a su próstata.

Se llevó las manos a la hebilla del cinturón y me quedé mirando y observando lo que hacía. Lo miré desabrocharse el botón, luego bajarse la cremallera. Todo ocurriría como en cámara lenta. Sus rústicas manos bajaron los vaqueros por sus caderas, y liberó...

Madre mía.

Ya había visto pollas. Era doctora. Hasta había visto una erecta, pero ninguna había hecho que se me humedecieran las bragas ni que se me secara la boca como esta; que era larga, gruesa y dura. Muy, pero muy dura. Apuntaba hacia mí desde una base de rizos oscuros. Era de un color rubicundo con un glande ancho y una pequeña hendidura arriba.

—Me llamo Mac, por cierto —dijo, apartándome de mi curiosa evaluación con su voz profunda—. Me parece que deberíamos saber nuestros nombres antes de que todo cobre un giro más personal.

Dirigí la mirada a la suya y vi su sonrisa. No estaba avergonzado en lo más mínimo. Y era que no tenía nada de qué avergonzarse, oye. Me preguntaba cómo caminaba con semejante cosa entre las piernas. Mis paredes internas se contrajeron e imaginé qué se sentiría estar llena de ese monstruo.

Quería alargar la mano y tocarla, comprobar si la tersa piel era tan suave como sospechaba, si era caliente. Si la acariciaba, ¿se correría?

—Mac —repetí, retomando mis miradas inquisidoras.

Este tío era perverso. Era un total chico malo. No tenía reparos en mostrar su masculinidad y su evidente interés en mí. Podía lanzarme a sus brazos y cabalgarlo. Definitivamente se estaba ofreciendo.

—Mis ojos están aquí arriba —me dijo.

—Mierda —susurré, y me di vuelta para darle la espalda a él y a su polla. No había otra forma de evitar mirarlo.

Cogí un par de guantes de la caja de la esquina, me los puse e intenté ocultar lo extraña y excitada que me hacía sentir.

¿Qué doctor decía «mierda» frente a un paciente?

—Has conseguido que me quite los pantalones. Como tienes el control, por esta vez, ¿qué me harás exactamente? —preguntó—. Sea cual sea el tipo de diversión que vayamos a tener, parece que serás muy cautelosa, pero no temas, me gusta rústico.

Mierda. Vale, esto no iba como esperaba. «Concéntrate. Concéntrate. Examen de próstata». Dios, me preguntaba si su culo era igual de glorioso que su...

—¿Doc?

Me aclaré la garganta.

—Le voy a examinar la próstata. Su historial dice que ya se la han examinado. No se preocupe, tengo dedos pequeños. —Se los mostré—. Los hombres dicen que me prefieren a mí en vez de al doctor Neerah.

Levantó las manos.

—Alto ahí, doc. Sin duda te preferiría a ti en vez de al doctor Neerah o cualquier otro.

Abrí un cajón y saqué una toalla de papel.

—Tenga. Excitado... tal como está, es posible que eyacule posteriormente a la estimulación directa de la próstata durante el examen. Bájese los vaqueros un poco más e inclínese sobre la mesa de exploración.

—Hablas en serio —dijo sin moverse.

Fruncí el ceño.

—Pero claro. No hay nada de qué avergonzarse, señor Marx. Soy médica.

—Tienes razón. Sin duda dispararía mi carga apenas me toques, pero creo que ha habido un error.

—¿Cómo?

—No soy el señor Marx. Como dije, soy Mac, el dueño del taller mecánico del pueblo. La persona de la recepción me dijo que viniera aquí a esperarte, no a que me metas tus bonitos deditos en el culo.

—¿Entonces por qué te has bajado los pantalones? —contesté, subiéndome las gafas por la nariz.

—Si una mujer guapa quiere que me baje los pantalones, no voy a discutir.

Me sonrojé ante eso. Sentí algo parecido a una vanidad, alabada porque me llamara guapa, lo cual era mentira. Y su polla seguía ahí fuera.

—¿Qué le pasó al señor Marx? —pregunté, insegura de qué hacer con su comentario.

Sus anchos hombros se encogieron de forma despreocupada mientras volvía a ponerse los vaqueros.

—¿Un tío bajito, nervioso y peinado? Le dijo a la enfermera que iba al baño. Creo que huyó. No sé por qué, ahora que te veo, o por lo que ibas a hacerle.

Debí haberme sentido totalmente ofendida, pero no lo estaba. De alguna manera, las palabras de este hombre no me hicieron sentir ordinaria, más bien atractiva, lo cual era completamente ridículo. Llevaba uniforme, nada de maquillaje, gafas y me había recogido el pelo en una cola de caballo hacía más de doce horas. Olía a jabón quirúrgico fuerte, llevaba guantes y tenía un tubo de gel lubricante en mano.

Todo eso me recordó que, para un hombre como él, yo no era una mujer, era una conquista. Había mujeres más atractivas que trabajaban en el hospital, mujeres más mundanas y mucho menos empollonas. Como el doctor Knowles, el gilipollas jefe de cirugía que tenía la mirada puesta en mí, y parecía que este tío Mac también.

Pero el doctor Knowles hacía que me dieran ganas de ducharme. Mac me hacía querer ducharme... con él. Y eso me trajo de vuelta a la realidad, porque el guapísimo bombón que tenía delante no estaría interesado en eso ni en nada que tuviera que ver conmigo, la tonta doctora virgen.

Aunque se había excitado. Por mí.

—¿Por qué me esperas exactamente? —pregunté, muy confundida—. ¿Y por qué en una sala para examinar?

—No tengo ni idea de por qué estoy aquí. —Levantó la mano y señaló el espacio estéril—. Seguridad me llamó hace una hora. Supongo que han pasado por el aparcamiento y se dieron cuenta de que tu coche tiene una llanta pinchada. Querían que me pusiera en contacto contigo para arreglarlo.

—Tengo una llanta pinchada... —dije con voz tonta.

Conocía a los de seguridad. Me acompañaban cuando salía del turno de la noche. Que recordaran el coche que conducía y que se dieran cuenta de que tenía una llanta pinchada era otro recordatorio de por qué me había mudado a Cutthroat.

—Has venido a repararla... —dije uniendo las piezas al fin.

—Así es. ¿Te importaría bajar ese lubricante?

Cerré los ojos y respiré profundamente.

—Joder —susurré.

La morgue estaba en el piso de abajo, así que, si moría de vergüenza, mi cuerpo no estaría muy lejos de ella.

Mac se acercó a mí y me quitó el lubricante de las manos. Abrí los ojos de golpe y alcé la mirada hacia su rostro sonriente.

—Eso se puede arreglar.

2

Mac

—¿Dónde coño estabas? —preguntó Hardin en cuanto volví a subirme a la grúa.

Su mirada podría asustar a la mayoría de las personas, pero no a mí. Lo mismo ocurría con su tamaño; tenía un cuerpo de leñador y una barba a juego.

Llevaba un largo rato fuera y el calor se había disipado de la cabina, por lo que nuestras respiraciones salían en bocanadas blancas, aunque él no sentía frío. Era apenas noviembre y probablemente íbamos a tener un invierno duro.

Me reí, encendí la camioneta y me moví para intentar bajarme la polla.

—No me lo vas a creer.

—A ver. He estado aquí sentado y aburrido como una puta cabra.

Hardin no era muy amante de los dispositivos electrónicos, apenas usaba el móvil y solo para llamar. Dudaba que supiera siquiera lo que era una aplicación o, si lo sabía, se negaba a darle importancia.

—Veo que has dejado el libro en el bolso en casa —espeté. Cuando me miró ceñudo otra vez, añadí—: Bien. —Me giré en el asiento, coloqué el brazo sobre el volante y le conté todo.

Cuando terminé, tenía las cejas alzadas por debajo de la gorra.

—Fuiste a decirle a un tío que ibas a arreglarle la llanta. En lugar de eso, te encuentras con una mujer que quiere hurgarte la próstata. Te quedas con toda la diversión —murmuró.

Me enderecé y encendí la grúa.

—Oh, tendrás parte de esta diversión. Esta… joder, sin duda es *ella*.

—*Ella*. —Se rio. Como no le seguí el chiste, prosiguió—: ¿Hablas en serio? ¿Es la indicada? ¿Crees que porque has podido mostrarle la polla le interesaremos los dos?

Meneé la cabeza. Yo me sentía igual hasta hacía veinte minutos. Esperaba, pero nunca con demasiadas esperanzas puestas, a una mujer que quisiera una relación seria con dos hombres. Tener una noche salvaje para tachar la lista de deseos claro que estaba bien, pero no para siempre. Cy Seaborn y Lucas Mills tenían una relación con Hailey Taylor, la corredora de esquí. No era un rumor. Me lo confirmaron cuando le remolqué el coche un tiempo atrás. Me alegré por ellos y a la vez sentí muchos celos. No porque quisiera a Hailey, sino porque quería el tipo de conexión que compartían.

Tenía el pálpito de que la doctora era la indicada, incluso después de la ridícula forma en que nos conocimos.

No iba a discutir con Hardin, se enteraría pronto por sus propios medios.

—Ya verás. Tercera fila, cinco coches a la izquierda, Honda SUV blanco —murmuré para mí.

—¿Qué? —preguntó él, mirando por la ventana.

—Ahí es donde dijo que estaba su coche.

—¿Quién puñetas sabe exactamente dónde aparca?

Me reí. Señalé su coche cuando nos detuvimos frente a este, exactamente donde había dicho.

—La jovencita doctora —respondí—. Es una mujer muy correcta, precisa, lista, hermosa, organizada, detallista, preciosa de una forma muy sutil, y muy joven.

Cuando el departamento de seguridad del hospital me llamó y dijo que uno de sus médicos tenía una llanta pinchada, alguien llamado Sam Smyth, no esperaba verla a ella. Estaba muy a favor de las mujeres doctoras, pero esta me pilló por sorpresa. A mi polla sí que le encantó, al igual que al resto de mí. Vi más allá del pelo despeinado y del uniforme. No llevaba ni una pizca de maquillaje como para tener aspecto seductor. De ninguna forma estaba intentando ponérmela dura. No tenía ningún artificio. Dudaba que supiera coquetear. Pero esa personalidad estricta... Joder, y esas gafas. Fueron las que me pusieron la polla como un tubo de plomo. Luego, cuando me dijo que quería que me bajara los pantalones, no lo cuestioné. Mi polla gritó ¡Sácame! a pesar de que no tenía ni idea de por qué una cosita como ella me ordenaba que me bajara los pantalones cuando había ido a atender una llanta pinchada.

—Todo lo opuesto a ti —replicó Hardin.

—Sin duda. Va a encontrarse conmigo, con nosotros, aquí. Tenía que encontrar a un paciente rebelde.

Antes de irme, la doctora Smyth... Sam..., me dio la ubicación exacta de su coche —hasta el número de matrícula—, y dijo que nos veíamos en el aparcamiento, pero que primero tenía que localizar al señor Marx. Supuse que no era bueno que un paciente desapareciera. Me di cuenta de que no me encantaba saber que la doctora sexy iba a estimularle el culo al anciano. Joder, sabía que era su trabajo y todo eso, pero igual. Quería que esas manos me tocaran a mí.

¿Qué hombre consciente discutiría con una mujer tan atractiva como ella? Si quería que me bajara los pantalones, me los bajaba y punto.

Apagué la grúa y me bajé para ver los daños y si se podía emparchar la llanta y volverla a inflar. Hardin me siguió. Me agaché junto a la llanta para verla de cerca.

—¿Qué carajo? La llanta fue rajada —comentó.

El taller mecánico era de los dos, pues los dos éramos mecánicos. Aunque nos ocupábamos de todo tipo de coches y camionetas, también reparábamos motos de nieve, todoterrenos, tractores y hasta quitanieves.

¿Quién querría cortarle la llanta a la doctora? No tenía edad para tener enemigos. Pasé de estar ansioso a cabreadísimo en una fracción de segundo. ¿Quién se metía con una mujer como ella? Menuda gilipollez. Hacía más de quince años, con la muerte de mi madre, no había estado ahí para ella, la culpa toda mía, pero cuidaría de Sam. El cáncer y la llanta pinchada no eran ni remotamente lo mismo.

La mayoría de los conductores de grúas le arreglarían la llanta y se irian. Nunca la volverian a ver. Era un negocio: una llanta más en una larga fila de llantas. Desde luego que eso no iba a pasar con nosotros. La volveríamos a ver, y no porque un gilipollas le hubiera arruinado el coche, la veríamos porque sí. Hardin estaría de acuerdo apenas le pusiera los ojos encima.

—¿Quién coño querría hacerle eso?

—No tengo ni puta idea —murmuré—. Esto no me está gustando.

Emitió un sonido de concordancia, entre un gruñido y un rugido. Romper una llanta era una jugada para meterse en sus bragas. Además de ser un gilipollas, no tenía los cojones para ir de frente. A pesar de que no quería que nadie se le acercara a Sam, esta estupidez pasivo-agresiva me cabreaba.

Hardin estuvo de acuerdo. Ella contaría con nuestra protección.

El sonido de nieve crujiendo fue la señal de que la doctora se acercaba. Alcé la vista hacia ella y... joder. Sí, el puñetazo en las tripas que sentí cuando la vi antes había sido real, y no por la hamburguesa que me había comido. Deseaba a esta mujer con una avidez que nunca había sentido. Y con el asunto de la llanta rajada, me sentía feroz.

—Joder —susurró Hardin.

Sí, tuve razón al pensar que la doctora también lo atraparía.

No podíamos ver mucho de ella entre el grueso abrigo acolchado, la bufanda de lana, el gorro y las manoplas. Su rubia coleta se veía por debajo del grueso sombrero. Tenía mechones sueltos que le enmarcaban la cara en forma de corazón. Sus mejillas eran tan rosadas como sus labios carnosos, y sus ojos —ocultos tras esas condenadas gafas—, eran tan azules como el frío cielo.

Le calculaba unos veinticinco años, demasiado joven para ser doctora y para ser mía. También para Hardin. La bata le llegaba justo por encima de las rodillas y llevaba uniforme azul y zapatillas. Medía unos pocos centímetros más de metro y medio, y su figura estaba bien escondida. Recordaba haberle visto el reborde de los pechos debajo del uniforme, pero la ropa de hospital no era muy favorecedora y ocultaba demasiado. Moría por empujarla contra el coche, bajarle la cremallera del abrigo y recorrer cada centímetro de ella, pero también tenía ganas de subirle más la cremallera del abrigo y meterla en el calor de la cabina de la grúa.

Era... adorable, y esa era la palabra más tonta que se me podía ocurrir. Yo no era una niñita de siete años que miraba fotos de cachorros. Sin embargo, había conseguido que me bajara los pantalones y me había puesto la polla dura.

No se parecía en nada a ninguna mujer con la que había estado. Joder, a ninguna de las que había conocido, e imaginármela montándome la polla con nada más que las gafas puestas, me puso los vaqueros apretados. Era a Hardin a quien le gustaba leer libros sin imágenes, y sabía que le encantaba todo el tema de la bibliotecaria traviesa. ¿Pero una doctora traviesa que gritaba ingenuidad? Ese hombre estaba acabado.

Joder, mi mente estaba entregada a ella, lo había estado desde que entró en la sala de examinación y tuve que morderme la lengua cuando la vi. Era una locura, pero era la indicada. Lo sabía. Lo sentía. ¿Cómo? Joder, no tenía ni idea. Pero quería saber por qué era doctora siendo tan joven, por qué era quisquillosa con eso y por qué recordaba exactamente dónde estaba su coche.

—Hola —dijo, con voz suave pero tan directa como su mirada.

Me puse de pie y ella tuvo que inclinar la barbilla hacia atrás para mirarme. Sus ojos se abrieron de par en par durante un segundo, insegura después de lo ocurrido en Urgencias, y se lamió los labios. Por supuesto que vi su rosada lengüita salir y no necesité que me estimulara la próstata para correrme.

Me preguntaba si me tenía miedo. Algunas mujeres sí. Me había bajado los pantalones, algo un poco pasado de la raya, pero ¿cómo diablos iba a saber que ella creía que yo era un paciente?

Era grande, rústico, estaba tatuado, probablemente tenía siete u ocho años más que ella. Mi nariz estaba torcida, mis nudillos nudosos por las peleas y el trabajo. Mis uñas, por mucho que me las lavara, estaban manchadas. No era del tipo de hombre pulcro —dejé de serlo en cuanto me enviaron al reformatorio—, pero eso no significaba que fuese a hacerle daño. En lo absoluto.

Y ni siquiera estaba considerando a Hardin en esos pensamientos. Los dos juntos en un callejón oscuro harían que la mayoría de los hombres se cagaran en los pantalones.

—Doc —dije a modo de saludo.

—«Sam» me viene bien —dijo ella, sacudiendo su mano cubierta por la manopla.

—Eh... te presento a Hardin. Ha venido conmigo. Puede que sea grande, pero es buena gente.

Ella lo miró y apreció aquel metro ochenta y la barba, luego volvió a mirar el hospital con la espalda totalmente erguida. Parecía... asustada.

—Hola, Sam —dijo Hardin—. Me enteré de lo ocurrido con Mac y la historia me hizo el día. Pero es un buen chico, no te hará daño. Es el último hombre en la Tierra que lastimaría a una mujer.

Sobre la tumba de mi madre.

—Ninguno de nosotros —prosiguió—. ¿Está bien?

Él también se había dado cuenta de su tensión. Me incliné un poco hacia adelante para estar a estaturas similares y así poder mirar esos ojos pálidos.

—¿Está bien? —repetí.

Conteniendo la respiración, ella asintió.

—No está nada bien —comenté, notando que no parecía calmada en lo más mínimo. Lentamente, le puse las manos en los hombros, sentí el espesor de su abrigo y luego su cuerpo debajo, firme y tenso—. Me disculpo por lo que ocurrió adentro. Fue muy gilipollas de mi parte.

Por un segundo no hizo nada, luego se rio.

—Sí, lo fue.

Bajo mis manos sentí que se relajaba un poco. Bien, podía hacer bromas al respecto. Yo era el que había mostrado la polla.

—Admito que lo que pasó fue muy... inusual —continuó—. Un malentendido para los dos, pero no hay por qué estresarse.

Ladeé la cabeza, vi las líneas de tensión en su boca.

—Entonces, ¿por qué estás estresada? No hace más de diez minutos que me bajé los pantalones.

Quería saberlo y arreglar cualquier situación que tuviese.

Me miró con esos ojos pálidos. Pude ver su mente trabajando y me pregunté si alguna vez la dejaba descansar.

—Me topé con alguien del trabajo. Intercambiamos unas palabras, pero eso fue todo.

Sentí su cuerpo tensarse al decirlo. Escuché el disgusto en su tono de voz. Acabábamos de conocernos, pero era bastante fácil de entender. No estaba enfadada. Era fuerte, como si tuviese la columna hecha de hierro y estuviese reforzándola.

Estaba bien que fuese fuerte, pero algunos pesos eran demasiado para que los llevara una persona por si sola.

—¿Tengo que darle de hostias? —pregunté, dándole un suave apretón en los hombros—. También puedo pedirle a Hardin que lo haga. Puede lograr que alguien se cague encima con solo una mirada.

Su mirada se había desviado a mi pecho, pero tras mi pregunta volvió a mirarme a los ojos y luego miró a Hardin.

—¿Lo harías? Ni siquiera me conoces.

Joder. Me mató. Listo. Acabado. De verdad la sorprendía que estuviese dispuesto a ayudarla. ¿Nunca nadie la había defendido?

No respondí, solo la atraje hacia mi pecho y la rodeé con los brazos. Por encima de su cabeza miré a Hardin, cuya mandíbula se apretó y asintió. Gracias a Dios que estaba conmigo. Él era más susceptible, pero yo tenía que abrazarla.

La abracé fuerte, pero ella permaneció rígida, con los brazos a los lados. No se recostó ni se relajó.

—¿Qué ha hecho ese tío, Sam? —murmuré, inclinándome hacia abajo para inhalar su aroma; jabón, champú frutal y algo suave y femenino.

—¿Cómo sabes que es un hombre? —preguntó ella. Volvió la cara en mi pecho y me olfateó. Joder, qué bien se sintió eso.

—Lo sé.

Claro que sí. Las mujeres se enfadaban entre sí, hacían ruido y discutían antes de una pelea. Pero esto no iba de eso.

—¿Por qué me abrazas? —me preguntó, quizá al darse cuenta del gesto—. Abrazar no es lo mío. Es poco usual.

—Creo que aprenderás muy rápido, cariño. No somos como los demás —dijo Hardin.

Ella volvió la cabeza para mirarlo. Me gustaba verla en mis brazos, la confusión, la... joder, la inocencia en su mirada. Era reservada, pero no con nosotros. Parecía que era parte de ella.

—Escucha, si alguien te está molestando, tenemos que saberlo.

—¿Por qué?

—Porque tener un compañero de trabajo molesto es el

menor de tus problemas. —Miré por encima del hombro—. Te han espichado la llanta.

Retrocedió y la soltó. Miró la llanta y el gesto hizo que su largo cabello se le deslizara sobre el hombro.

Era obvio que alguien la había cortado. Lo había visto ya en el aparcamiento de un bar, pero ¿en un hospital? No pudo haber sido en otro sitio, porque no habría llegado aquí. A ningún otro coche le habían hecho lo mismo. ¿Por qué su coche? ¿Qué le había hecho a alguien? No tenía pinta de matar ni a una mosca. Probablemente la estudiaría bajo el microscopio y luego la liberaría.

Esto no me gustaba. Nadie la molestaba a ella, mi doctora.

Se le desencajó la mandíbula y me miró como si acabara de hablar en swahili.

—Perdona. ¿Qué?

—La raja de la porción lateral —explicó Hardin, evidentemente intentando no apretar la mandíbula por semejante acción intencional.

Alguien la estaba molestando.

—¿Crees que haya sido ese tío que te tiene resentida? —comenté.

Ella estudió la llanta mientras respondía:

—No lo creo. Operamos juntos hasta hace una hora. Aunque es físicamente posible que haya salido a hacerlo, siendo realista, no me lo creo. Has dicho que los de seguridad encontraron la llanta en sus rondas; por lo tanto, pudieron haberle encontrado en el acto. Además, lo suyo son los bisturís, no los cuchillos. —Frunció el ceño y se subió las gafas—. No, no ha sido él.

—Eso pudo hacerse con un bisturí —comentó Hardin, inclinando la cabeza hacia la llanta.

Estaba clarísimo que había un gilipollas que la molestaba, pero no le rajó la llanta. Lo que decía ella tenía sentido. La mayoría de la gente compartía sus problemas y recibía ayuda de sus amigos. Pero dudaba que fuese el caso de ella. Se le hizo una pregunta y respondió con hechos. Evaluar y analizar era lo suyo; los sentimientos y las emociones, no tanto.

Desde luego que descubriríamos lo del gilipollas. Pero si él no lo hizo, entonces ¿quién carajo lo hizo?

—¿La puedes cambiar? —preguntó ella.

—¿Traes repuesto en el maletero? —pregunté, pensando en agarrar esos largos mechones de pelo mientras la follara desde atrás, imaginando a Hardin metiéndola a la ducha. Él la consentiría por montones, y ella lo necesitaba.

La observé. No estaba resentida. Era demasiado fría para eso, definitivamente se controlaba. ¿No sería divertido hacer que se soltara por mí? Solo por mí y por Hardin, porque algo que no sabía era que tenía a dos hombres que la cuidaban. De ninguna manera la dejaríamos que se enfrentara sola a un perforador de llantas.

Se encogió de hombros, pero el gesto fue apenas perceptible bajo su abrigo.

—No estoy tan segura.

Vaya sorpresa. Incliné la cabeza hacia su coche.

—¿Me permites?

Sacó las llaves del bolsillo y presionó el mando que hizo que el coche emitiera un pitido. Caminé hacia la parte trasera, abrí la puerta del maletero y levanté la tapa donde se suponía que estaba la llanta de repuesto.

—No tienes repuesto.

¿Qué habría hecho sola? Por muy lista que fuera, probablemente habría acudido a pedirles ayuda a los de seguridad y ellos me habrían llamado, o se habría puesto en contacto conmigo directamente. De cualquier manera, estaríamos aquí en este preciso momento. Me habría perdido su cara cuando me vio la polla por primera vez, no se habría dado que me la puso dura y que eso la excitó al mismo tiempo.

—¿Dices que no está o que nunca hubo una? —preguntó.

No estaba seguro de cuál era la diferencia en este momento, pero agregué:

—Nunca hubo una.

—¿Por qué? —preguntó.

Fruncí el ceño y cerré la puerta de golpe.

—¿Por qué? ¿Quieres saber por qué?

Nunca me habían preguntado eso.

—Siempre quiero saber el porqué —replicó ella.

Hardin sonrió. Yo me pasé una mano por la cabeza. Su curiosidad por la llanta espichada con esta temperatura bajo cero y lo que fuera que le haya dicho el imbécil doctor, me sorprendió y me pareció gracioso.

—Pues, a veces, para reducir el peso. Por ejemplo, con un coche eléctrico o para eficiencia del combustible —le dije—. O porque la compañía del coche es chapucera.

Cuando me volví para mirarla, estaba murmurando hacia el cielo, como pidiéndole a Dios que le lanzase una llanta.

Torcí los labios y miré a Hardin. Estaba muy tensa, aunque yo también me cabrearía si alguien me perforase una llanta. Estaba empezando a comprender que ella era así la mayor parte del tiempo. Necesitaba a alguien que la hiciera relajarse un poco y tomarse las cosas con calma, pues una doctora como ella debía enfrentar situaciones difíciles. Era demasiado joven y probablemente pasaba demasiadas horas dentro del hospital como para tener enemigos.

—¿Tienes que volver a Urgencias o ya has terminado por hoy? —preguntó Hardin.

—Ya he terminado por hoy.

—Bien —respondí—. Podemos llevarte remolcada al taller y cambiarla.

No me apetecía repararla y dejarla así. Alguien le había perforado la llanta, no tenía planes de apartarla de mi vista pronto, tan solo no lo sabía todavía.

Pude ver su mente sopesando las opciones, que no eran muchas. Contábamos con la única grúa del pueblo y no había ninguna tienda grande en Cutthroat que vendiera llantas. No llamaría monopolio a nuestro pequeño negocio, pero si ella quería arreglar la llanta, éramos los únicos hombres capaces para hacer ese trabajo, o cualquier otro que pudiese necesitar.

Era hora de dejar de pensar y de ponerse en marcha.

—Escucha, cariño, puedes decir que sí y subir tu precioso cuerpo a la grúa para mantenerte caliente mientras yo amarro tu coche o Hardin puede cargarte al hombro, meter tu bonito culo en la grúa para mantenerte caliente y luego amarro tu coche. ¿Qué prefieres?

Los ojos se le abrieron de par en par y se lamió los labios. Apostaría mis pelotas a que mi toma de control la había excitado. Cuando se dio vuelta y caminó hacia la grúa sin chistar supe que mis pelotas estaban a salvo. Hardin abrió la puerta, la agarró por la cintura y la ayudó a subir a la cabina. Sí, necesitaba ayuda, y se la íbamos a dar. Eso y más.

3

El día se había vuelto muy extraño en muy poco tiempo.

Me sentía a gusto con las manos dentro de un tórax o un abdomen abierto. En el quirófano estaba en mi zona de confort. Sabía qué hacer, cuáles eran los siguientes pasos. Podía verlo en mi mente y considerar todas las posibilidades.

¿Y ahora? No estaba en casa con mi pijama y mi libro como había planeado en mi mente, como parte de mi rutina normal. Mi zona de confort. En lugar de eso, estaba en *Gallows,* el popular bar de Main Street, con Mac, el guapísimo chico malo que me había enseñado la polla, y Hardin, su amigo grandulón del tamaño de un estadio de fútbol. Su guapísimo amigo.

Hardin tenía el pelo castaño oscuro, color por el que la mayoría de las mujeres matarían. En cuanto se quitó la gorra, pude ver que lo tenía mucho más corto que el de Mac, limpio y peinado, junto con la barba recortada. No vi ni un solo tatuaje, pero había mucho cuerpo oculto bajo una franela azul a cuadros y vaqueros. Si llevara un hacha, sería un leñador de cabo a rabo. Estar a su lado me hacía sentir pequeña y débil. Yo podía resecar aortas, pero estaba segura de que él podría levantar coches.

Sin embargo, no me daba miedo. Era callado y desprendía una sensación de calma que resultaba extrañamente tranquilizadora, incluso cuando estuve apretujada entre los dos dentro de la cabina de la grúa y pensaba en la amenaza de Mac de darme unos azotes en el culo si me portaba mal.

Yo jamás me portaba mal.

La testosterona que emanaban los dos debió de haberme arruinado el cerebro porque aquí estaba: lejos de mi naturaleza. Había rechazado ofertas de compañeros de trabajo para tomar una copa después del trabajo cada vez que me lo preguntaban. ¿Por qué había aceptado ir a comer con Mac y Hardin? Mis ovarios debían de haberme hecho decir que sí.

A dos hombres. Y eso era lo segundo que hacía raro este día.

Lo tercero era que le vi el miembro a un tío —el de Mac —, el cual no era un paciente. Eso claramente me había hecho perder la cabeza. Esa polla estaba unida al hombre más guapo de todos los tiempos y eso lo convertía en el miembro más bueno que existía. No era solo un pene, era una polla. Pene era un término clínico, médico. Lo que Mac había dejado salir de sus vaqueros era descaradamente sexual y viril.

La forma en que Mac me miraba, como si quisiera arrastrarme a su cueva por mi raída cola de caballo, hizo que se me apretara el coño y que deseara que se bajara los pantalones otra vez.

Hardin, sentado a su lado, también me miraba. Lo hacía como si no hubiera visto a una mujer, o como si hubiera estado en el mar durante seis meses y yo fuera la primera mujer que veía en el puerto.

Dos hombres. DOS. O sea, más de uno.

Si me sentía incómoda y fuera de lugar en un bar, no tenía ni idea de cómo me comportaría si estuviera en la cama de Mac. Me llevaba varios años. Tenía experiencia. Ahora que lo miraba, debía haber conquistado a todas las mujeres del condado de Cutthroat. No tenía nada de experiencia con los hombres. Sí que sabía todo sobre el pene en sentido médico; las dos cavidades, el cuerpo cavernoso que estaba rodeado por la túnica albugínea. Pero una polla dura dentro de una vagina... dentro de mi vagina o mano o boca...

Me retorcí en la cabina porque no se trataba solo de la polla de Mac; también estaba la de Hardin. No la había visto, pero me preguntaba si tendría un tamaño proporcional, porque de ser así, sería un brazo de bebé, un bate de béisbol, un mazo. ¿Cómo caminaba?

—No teníais que traerme a cenar —dije, tratando de dejar de pensar en su anatomía.

¿Qué decía uno en una situación como esta, sobre todo después de la confusión en Urgencias? *Háblame de tu polla. ¿Se te pone dura con todas las chicas o solo conmigo? ¿Cómo pudiste volver a metértela en los vaqueros? ¿Todavía la tienes dura?*

Incluso con la música proveniente de la máquina de discos y del comienzo de la hora feliz, los altos respaldos de cada asiento del banco hacían que pareciera que los tres estábamos solos.

—Ya lo has dicho varias veces.

—Cuatro —respondí. Me mordí el labio al darme cuenta de que mi mente analítica estaba vomitando palabras estúpidas.

La comisura de los perfectos labios de Hardin se elevó. Sí, eran perfectos y besables. Les parecía graciosa.

—Eres mañosa, ¿verdad? —preguntó.

Asentí y me subí las gafas.

—Lo soy. No puedo evitarlo, a decir verdad.

Un camarero se acercó y dejó posavasos sobre la mesa.

—¿Desean bebidas?

—Sí —dijo Mac al mismo tiempo que yo decía:

—No.

Mac me miró.

—Si hay alguien que necesita un trago, esa eres tú.

Hardin asintió, pero guardó silencio.

Cuando estábamos en el taller, Hardin me había bajado de la grúa cubriéndome la cintura con sus grandes manos. Mac desamarró mi coche y fue a por una llanta de repuesto. Había vuelto diciendo que, como era tarde y si me parecía bien, uno de ellos la arreglaría por la mañana, y que querían llevarme a cenar —y dejarme en casa después— para compensar la confusión en la sala de Urgencias. No me dieron muchas opciones ya que no iba a irme caminando el kilómetro y medio hasta llegar a casa con semejante frío. Y tenía hambre. Y ellos estaban buenos. Le debía a las mujeres salir con dos tíos guapos y musculosos.

Fruncí los labios ante las palabras de Mac. Sabía que me habían clasificado de todo, desde seria hasta frígida. Tenía razón: necesitaba un trago. Probablemente varios.

—¿Qué te gusta tomar? —preguntó él.

—Decide tú —dije. No estaba segura de qué escoger y no quería darles esa perla de mi desconocimiento.

Pidieron cervezas para ellos más un vodka y algo para mí.

—¿No bebes mucho? —preguntó Mac.

Cogí el posavasos y lo giré entre mis dedos.

—Para nada —respondí—. Estaba en tercer año de medicina cuando cumplí veintiún años. No he tenido muchas oportunidades desde entonces.

Hardin frunció el ceño y luego dijo:

—¿En la escuela de medicina a los veintiún años? Eso significa que tenías... quince años cuando te graduaste en el instituto.

—Catorce.

Sus cejas castañas se alzaron.

—¿Fuiste a la universidad a los catorce años?

—Sí, a Harvard.

—Mierda —susurró Mac, sacudiendo la cabeza lentamente—. Entonces eres bastante inteligente.

—Sí.

Mientras hablábamos, ellos escuchaban, concentrados, mirándome seriamente. Los ojos oscuros de Mac y los avellanados de Hardin observaban los míos. Los de Mac se anclaron a mis labios. Me hacía sentir un poco incómoda, pero no de forma espeluznante como el doctor Knowles, incluso después de lo que Mac había hecho en la sala de examinación. Si el doctor Knowles se hubiese sacado el pene —de ninguna manera iba a llamarlo polla— habría perdido los estribos y Recursos Humanos tendría que escucharme.

El camarero trajo las bebidas. Al beber un sorbo de la mía, pensé en el altercado que tuve con el doctor Knowles mientras recogía mis cosas de la sala de médicos para verme con Mac en el aparcadero.

—Doctora Smyth —había dicho el doctor Knowles.

Me congelé al escuchar la voz. Cerré los ojos. Tal vez si tenía los ojos cerrados no tendría que confrontarlo. Estaba algo descolocada por el asunto con Mac. Joder. Quería evitar el ala quirúrgica antes de irme, pero no tuve suerte. Me había encontrado, y sola.

Tomé aire para coger fuerzas para enfrentar a la única persona que me caía mal en Cutthroat, en todo el estado de Montana.

Giré sobre mis zapatillas y levanté la barbilla.

—¿Diga? —pregunté.

Tenía que olvidarme de Mac, de lo que acababa de ocurrir, de que había quedado en verle junto a mi coche.

—Buena cirugía.

Sus elogios me resultaban familiares, pero solo porque solían ir seguidos de otra cosa. Era el punto de partida que siempre utilizaba para entablar una conversación.

—Gracias —respondí.

—Quiero hablar contigo sobre tu técnica de sutura —comenzó a decir—. Quizá podemos conversarlo en una cena.

¿Técnica de sutura? Llevaba practicando mi técnica desde el primer día en la escuela de medicina. ¿De eso iba?

—Podemos hablar de cualquier problema que tenga en la sala de enfermeras —respondí, sin mencionar la parte de la cena de su frase.

Necesitaba que esa conversación fuese en un lugar público... y dentro del hospital. Toda conversación tenía que ser sobre el trabajo y nada más. Cedí a charlar un rato con él cuando llegué, pero fue un error. Llevó a... bueno, a esto, a que se tomara atribuciones no correspondidas. Cutthroat era un pueblo pequeño, y la gente hablaba. La gente asumía.

Se acercó a mí y giré para alejarme. Saqué mis cosas del casillero y lo cerré de golpe. Quería huir, pero eso le habría dado ventaja. También quería darle un rodillazo en las pelotas, pero eso haría que me despidieran.

Avanzó más hasta chocar con mi espalda. Podía oler el ligero aroma de su colonia, sentir cada parte de su uniforme... y lo que había debajo. Se me erizó la piel y enloquecí. Nunca había hecho contacto físico conmigo, solo un apretón de manos cuando nos conocimos, y nunca así.

Nada más mirar a Mac me excitó, hizo que me mojara, pero la cercanía del doctor Knowles me daba ganas de vomitar.

Era un hombre atractivo, lo admito, pero no me interesaba su patética existencia de cuarenta y tantos años. Las enfermeras se le exhibían y prácticamente le tiraban las bragas cuando hacía sus rondas. Había escuchado cuentos, y el hecho de que hiciera rondas con el personal del hospital también, y que yo fuese la siguiente en su mira lo hacía aún peor. ¿Era yo la única que lo rechazaba? ¿Era yo la única que no estaba preparada para un polvo de una noche? ¿Para un polvo rápido con mi mentor?

¿Se suponía que debía gustarme? ¿Por qué me excitaba un chico malo y descarado como Mac?

El pelo del doctor Knowles era de color sal y pimienta, pero le hacía parecer maduro, no viejo. Se mantenía en buena forma física y tenía los dientes más blancos que había visto en mi vida. Las enfermeras se lo podían quedar. Conocía a los hombres como él. Muchos médicos con complejos de Dios que esperaban que todas hicieran fila por ellos. Los hombres como él me veían a mí, la joven prodigio, como alguien a quien enseñar algo más que medicina. Todos querían no solo trabajar conmigo, sino también jugar conmigo y darle otro significado al hecho de que era doctora.

Y eso no iba a suceder. Me las apañaba con mi consolador. La polla de Mac sería divertida también. Definitivamente sabría cómo usarla, sin duda. Quizá Mac había sido atrevido, pero no buscaba abusar de su posición de poder. Yo le pedí que se bajara los pantalones y lo hizo. Fue un malentendido, sí, pero por fuera del terreno de las relaciones laborales.

Era un extraño. Un extraño que conocía hasta cierto punto de forma íntima.

Me hice a un lado para zafarme del doctor Knowles y caminé a toda velocidad hacia la puerta y la abrí para que ya no estuviéramos a solas. Traía la bata y la bolsa en los brazos.

—Has rechazado una conversación sobre la extirpación del duodeno durante el procedimiento Whipple y tus notas operatorias para la apendicectomía. Tu falta de participación en el posgrado quedará reflejada en tu expediente laboral.

Eso me hizo detenerme, con la mano en el pomo, pero la puerta estaba lo suficientemente abierta como para que la gente que caminaba por el pasillo pudiera ver la habitación y saber que no estaba pasando nada.

—¿Falta de participación en qué, exactamente? —pregunté con los ojos entrecerrados.

Conocía muy bien mi historial laboral puesto que lo único que hacía era trabajar. Era ejemplar y no quería que él lo manchara. Podía cuestionar mis habilidades interpersonales, pero no mi trabajo. El corazón se me iba a salir del pecho, pero no dejaría que se notara. No le daría ese placer.

—En ampliar tus conocimientos médicos.

Él había hablado del procedimiento Whipple en detalle con todo el personal quirúrgico, incluyéndome a mí.

—Como puse en mis notas operatorias, la tomografía arrojó resultados preocupantes para una posible perforación, pero cuando visualicé la endoscopia, vi que estaba inflamado y distendido, pero no perforado.

—Sí, pero deberíamos analizar más tu conducta.

No necesitaba mi coeficiente intelectual de 176 para saber que se refería a educación sexual y a mi conducta si me follaba.

Al ritmo que los sórdidos como Knowles se me insinuaban, mis juguetes sexuales serían lo único que entraría en mi vagina. La verdad no quería tener orgasmos inducidos por baterías por el resto de mi vida, pero era selectiva. El hombre que me quitara la virginidad no podía ser un gilipollas, como mínimo. Quería que me excitaran sus caricias, no congelarme. Y eso me hizo pensar en Mac. Él me excitó, me hizo desear y anhelar.

Y me estaba esperando afuera.

Miré de frente al doctor Knowles. No le diría que se fuese a tomar por culo, que era lo que quería hacer, pero tampoco me doblegaría. Mantendría una actitud profesional y haría todo en público.

Ya se me habían insinuado y me habían hecho proposiciones. Había sido el centro de las apuestas, sobre quién podía acostarse con la chica inteligente. Aprendí de la manera más difícil a una edad temprana. Los chicos de Harvard me habían evitado desde que fui una carnada. Ser estudiante de primer año a los catorce años se había encargado de eso. Pero la facultad de medicina había sido diferente. Era mayor de edad, un buen partido, carne fresca.

Lo miré a los ojos.

—Podemos seguir hablando de esto en la sala de enfermeras —repetí. Había tenido años para proyectar una fachada de calma y fue la que usé ahora—. Estoy segura de que los demás estarán interesados en cualquier experiencia sobre la disección o las suturas que tenga usted que compartir.

Tras eso, me marché. Traté de calmar mi corazón acelerado apoyada en el escritorio. No hablé con nadie en Urgencias —estaban ocupados trabajando— y esperé, con la bata blanca en los brazos como una armadura de plumas de ganso. Al cabo de unos minutos, el doctor Knowles salió por fin de la sala, dándome la espalda y perdiéndose por el pasillo. Ni siquiera me miró. Me dirigí al teléfono y le dejé un mensaje de voz a Recursos Humanos sobre el incidente para que quedara documentado, pero dudaba que sirviera de algo. Él no se iba a rendir.

4

Hardin

—¿Te encuentras bien, Sam? —Le cogí la muñeca y froté su delicada piel con el pulgar. Vaya suavidad.

Ella parpadeó, luego se subió esas sexis gafas por la nariz. Se había ido a algún lugar de su mente. Ni se había dado cuenta de que había terminado de beberse su trago. Le hice señas al camarero y le indiqué que queríamos otra ronda.

—Lo siento. Yo estoy bien. —Nos dedicó una sonrisa, se llevó el vaso a los labios y se dio cuenta de que estaba vacío.

—Nos contabas que habías ido a la universidad a los catorce años.

Llegó el camarero con nuestras bebidas y le pasé el segundo vodka de arándanos a Sam. Bebió un gran sorbo antes de responder.

—Cierto. Sí, a los catorce.

—Eso debió de ser duro. Imagino que extrañabas tu casa.

Ella parpadeó.

—¿Que si la extrañaba? Desde luego que no. Mis padres descubrieron mis habilidades a los tres años. Nunca fui a la escuela. Tenía una amplia variedad de tutores en casa, creían que eso impulsaría mis habilidades. Piano, violín, de todo. Los tutores y las amas de llaves. Mis padres nunca estaban en casa.

¿Cómo?

—¿Por qué no? —quise saber.

—Mi padre es dueño de una multinacional petrolera en Houston. Mi madre era una esposa trofeo. Yo no cumplí con sus expectativas, pues podía hacer ecuaciones cuadráticas y hablar dos idiomas con fluidez a los cuatro años. Era bilingüe porque el ama de llaves era sueca. No podían llevarme a ningún sitio porque decían que avergonzaba a sus amigos y colegas por ser demasiado inteligente.

Hablaba sueco fluido, y sus padres necesitaban a alguien que los pusiera en su sitio. No era una rubia cualquiera con la que ligar en un bar.

—Tienes que estar de coña —murmuró Mac, con los dedos blancos alrededor de su botella de cerveza.

Ella bebió otro sorbo de su bebida y, mientras compartía cosas que me daban ganas de buscar a sus padres y darles de hostias, se relajaba. Su cuerpo, debajo de ese horrible uniforme, iba perdiendo todo rastro de tensión. Sus mejillas estaban sonrojadas de un bonito color rosa.

Decir que me estaba volviendo más protector de esta mujer a cada minuto era quedarse corto. ¿Quién coño se criaba con el ama de llaves y los tutores? Mi hermano y yo crecimos con dos padres cariñosos. La familia perfecta. ¿Quién coño iba a Harvard a los catorce? Quería abrazar a la

Sam niña y golpear a cualquiera de los gilipollas universitarios que pensaran en su joven coño.

—Si dijera que Harvard fue fácil, ¿me odiaríais? —preguntó, luego se mordió el labio.

—¿Fácil?

—Soy muy lista —respondió.

No puede ser. Intentaba imaginarla como una jovencita adolescente —una cría— en Harvard. Libros y clases habría sido algo seguro, pero ¿el resto?

—Entonces eres inteligente, como has dicho. Eso no te define —le dije.

Me miró como si de repente hubiese comenzado a hablar en sueco.

—La verdad es que sí.

Negué con la cabeza.

—No, la verdad es que no. No soy estúpido, pero tampoco soy un genio. Nadie me ve como un hombre con coeficiente intelectual promedio.

—Es razonable lo que dices —dijo finalmente—. ¿A qué te dedicas, entonces, que sea significativo?

Bebí un sorbo de mi cerveza.

—No hago mucho. Mac y yo tenemos un taller. Se me da arreglar maquinaria agrícola y motos de nieve y, por eso, voy a ranchos en todo el condado.

Los ojos se le iluminaron.

—Haces visitas a domicilio por maquinaria rota.

—Sí, podría decirse así.

—Qué bien —agregó—. Tus pacientes no hablan. Eres un doctor mecánico —dijo y se rio. Miró a Mac—. Y supongo que tú eres podólogo automovilístico, porque vas a reparar la llanta de mi coche.

Me le quedé mirando. Sus palabras eran ridículas. Acertadas, pero ridículas. Sonreí porque ella soltó una risita, lo que supuse que para ella era bastante raro.

—No sé nada sobre motores de combustión —añadió—. Supongo que tendré que hacerme con un libro y aprender sobre el tema, aunque eso no servirá para solucionar que mi coche no tenga llanta de repuesto.

Pensé en la llanta cortada. Sabía que alguien tenía algo en contra de la pequeña Einstein frente a nosotros. El vandalismo era una forma de molestarla. ¿Había sido algo de una vez o alguien la odiaba? No tenía idea, pero estaba a salvo con nosotros, y teníamos la intención de que se quedara así.

—Has estado ocupada. Supongo que no saliste de fiesta. Es que... catorce —dijo Mac, pensando lo mismo que yo—. Tus padres deben de haberte vigilado como locos.

Ella negó con la cabeza y se metió un mechón de pelo rubio detrás de la oreja.

—¿En Harvard? No estaban allí. Esto está bueno —comentó, mirando su vaso e inclinándolo para que los cubos de hielo tintinearan.

No hablaba mucho de sus padres, pero no parecía que intentara evitar hablar de ellos. Simplemente decía algo y cambiaba de tema. Su madre y su padre no parecían significar mucho para ella, y era obvio que ellos tampoco la buscaban. Mi hermano y yo no teníamos ninguna duda de que nuestros padres nos amaban. Estaban pasando el invierno en Arizona, pero cuando estaban en el pueblo, los veía al menos dos veces al mes. Mi hermano me llevaba ocho años, pero éramos muy unidos. Salíamos a tomar cervezas durante la temporada de fútbol y, cuando él no trabajaba, veíamos el partido el domingo por la tarde.

También tenía a Mac y otros amigos. Entre mi familia y

mis amigos sabía que no estaba solo. Pero ¿Sam? Me preguntaba si llevaba toda su vida sola.

—¿Qué pasa? —preguntó ella.

—Bébete el vodka de arándanos —respondió Mac.

No quería verla borracha, pero sí quería que hablara. Mac también. Bebió otro sorbo.

—Eres de Texas, fuiste a Harvard y te graduaste de médica... ¿a los veintidós? —pregunté.

Ella asintió.

—Soy cirujana. Esa es mi especialidad. Pero hoy cubrí a un doctor en el turno de Urgencias. Es por eso que te conocí. —Miró a Mac a través de sus pálidas pestañas.

Mi hermano también era médico y trabajaba en el hospital. De ninguna manera se lo iba a mencionar a Sam. A ese hombre nunca le faltaba compañía cuando de mujeres se trataba. Juro que siempre me contaba de una nueva cada vez que hablábamos. Cualquier otra muesca en su poste de la cama y se derrumbaría. Le gustaban las mujeres experimentadas, mundanas, y ninguno de esos adjetivos era Sam. Ni de coña. Miraría a Sam y seguiría de largo.

Yo, sin embargo, no tenía ningún otro lugar donde ir. Ella era exactamente lo que quería.

—¿Cómo terminaste aquí? —pregunté. Estábamos lejos de Houston y Harvard.

—¿En Cutthroat? A la edad de doce años, mis padres venían aquí a esquiar. Tuve que venir con ellos porque el ama de llaves volvió a Suecia para asistir a un funeral. Me encantó la bonita calle principal, la gente, la nieve. Dios, era un país de las maravillas invernal. Identifiqué la longitud perfecta de los esquís para mi altura y peso, aprendí a esquiar por el ángulo de mis esquís en relación con la pendiente de la colina. Hasta inventé un polímero para mejorar el deslizamiento.

A los puñeteros doce años.

Me llevé la cerveza a la boca, pero la detuve a mitad de camino mientras hablaba y volví a bajarla

—Déjame adivinar: lo has patentado.

Ella asintió, sin notar el sarcasmo.

Mac se rio y en la frente de Sam se formó una pequeña V. Ella lo miró a él, luego a mí, y también se rio.

—Me encantó Cutthroat. Quería volver. A poco tiempo de terminar la residencia, solicité el puesto y me lo dieron.

Joder, estaba acabada. Ahora entendía de lo que hablaba Mac, y a mí no me habían pedido que me bajara los pantalones. Ya entendía por qué se le había puesto dura. Tuve que moverme para estar más cómodo. Su astucia era un encanto. También la nariz respingada llena de pecas, los ojos claros y el pelo despeinado. Y, tal como dijo Mac, las gafas.

No estaba coqueteando. La verdad era que no creía que supiera cómo hacerlo. Su decisión de mudarse a un pueblito en Montana era algo en lo que tenía que pensar. No sabía si era por su juventud en plenitud o por una pena.

—Vaya. ¿Hace calor aquí? —preguntó ella abanicándose con la mano. Tenía las uñas cortas, sin pintura.

—No bebes mucho, ¿no? —preguntó Mac, fascinado.

Ella puso los ojos en blanco y se bajó el trago como si temiese que Mac se lo arrancase de los dedos.

—Llevo como tres años de guardia, y no salgo mucho.

Tenía muchísima experiencia y conocimientos para su corta edad. Era más inteligente de lo que yo sería en tres vidas; no obstante, miraba de un lado al otro en el bar como si la hubiéramos llevado a un safari africano, estudiando todos los animales salvajes en su tierra natal, como una extraña.

—No bebo. No hago nada —dijo, haciendo énfasis en lo último.

Mac se inclinó hacia delante.

—Ibas a meterme el dedo en el culo. Eso es algo.

Sus mejillas se sonrojaron y apartó la mirada, subiéndose las gafas.

—Sí, lo más cerca que he estado a una polla dura en mi vida. ¿Son todas tan bonitas como la tuya? —Se llevó los dedos a los labios y cerró los ojos—. Dios, creo que esta bebida me está haciendo hablar de más.

Mac y yo, desde nuestros asientos, nos quedamos helados. Pero ¿qué cosas decía? ¿Nunca había visto una polla dura? La mía palpitaba; la escuché muy bien. ¿De verdad era virgen? ¿Era eso lo que quería decir? Tenía que preguntárselo.

Alargué el brazo y le tomé la mano. El gesto la sorprendió y me miró.

—¿Nunca has tenido sexo? —pregunté, bajando la voz para que nadie pudiese escuchar.

Sus mejillas se ruborizaron y apartó la mirada, retirando la mano de la mía. Ahí estaba mi respuesta.

—No —admitió en voz alta.

Hostia. Joder.

Mac levantó la mano y llamó al camarero.

—Tenemos que alimentarte.

—Quiero otro de estos —dijo levantando el vaso.

No éramos unos gilipollas. Pero dudaba que hubiese revelado que era virgen —o al menos tremendamente inexperta, dado que dijo que la polla de Mac era bonita —de no haber estado envalentonada por los tragos de vodka. La alimentaríamos y obtendríamos la verdad.

Porque íbamos a tenerla, solo teníamos que saber cómo. A una virgen no se le llevaba a un baño de feria a follarla duro. Necesitaba una cama, privacidad, estar lista para ser penetrada por primera vez; mojada y lista por unos cuantos orgasmos. Sin duda, tenerla encima de mi cara lo conseguiría. Después, estaría lista para nuestras pollas. Había visto la de Mac y no le iba a entrar fácil.

Yo la tenía más grande.

5

 ac

—Este no es mi piso —dijo Sam luego de que le abriera la puerta y la invitara a pasar. Yo la seguí, con Hardin pisándonos los talones.

—Es mío —le dije.

Estaba ebria. No lo estaba demasiado, pero definitivamente achispada. No solo pesaba lo que una pluma, sino que había dicho que no bebía.

La limitamos a tres vodkas de arándanos y nos encargamos de que comiera algo. Quiso patatas fritas con queso, y ninguno la detuvo. Ni siquiera con la combinación de carbohidratos y grasa, no era seguro que condujera. Tampoco era que tuviese coche.

Debido a todo esto, Hardin y yo acordamos que no la llevaríamos a su casa. Quienquiera que le hubiese espichado la llanta andaba suelto, y no sabíamos quién era ni por qué lo había hecho. No íbamos a dejar a Sam achispada y sola en casa por si el imbécil planeaba alguna otra cosa.

—Te gusta el azul —comentó, observando mi sofá y mis cortinas de color oscuro, ambos gracias a la decoración hecha por la madre de Hardin. No había ningún adornito a la vista porque no soportaba esas mierdas, pero accedí a que se ocupara del resto.

En silencio me quité las botas y las dejé junto a la puerta. Me quité la chaqueta. Hardin colgó su abrigo para quedarse un rato.

—¿Qué hago aquí? —preguntó ella, bajando la cremallera de su grueso abrigo. No pudo bajarlo demasiado, así que me acerqué a ayudarla. Después de la temperatura tan baja afuera, la casa estaba muy acogedora.

—No me gusta la idea de que vomites dormida.

Me miró con esos ojos claros, observé su mente trabajar incluso bajo el efecto del vodka.

—Sí. Aspirar vómito no es una agradable manera de morir. Podría hacerlo en cualquier parte. La actividad no está limitada a mi cama.

Bajé la cremallera y se sacó el abrigo de los hombros.

—Eso es cierto, pero nosotros te vigilaremos.

—¿En la cama?

Fruncí el ceño.

—¿Qué cosa en la cama? —Mi polla se animó al escuchar la palabra.

—¿Me vigilaréis en la cama?

No estaba seguro de qué responderlo, porque lo que pensaba y lo que debía decir eran dos cosas completamente diferentes.

—Preferiría observaros a vosotros dos —agregó antes de que pudiese responder.

—Cielo, la única forma de que Hardin y yo estemos

juntos en una cama es si tú estás entre nosotros —le dije. No quería ningún malentendido en esa analítica mente suya.

—Está bien —murmuró.

Sus mejillas, ya rosadas por el frío, se enrojecieron más.

Miré a Hardin, que venía de mi cocina con un vaso de agua en mano.

—¿Qué está bien? —pregunté. Me hacía preguntarle cosas tontísimas.

—Está bien para mí estar entre los dos en la cama.

Ahora apartó la mirada, repentinamente tímida. No iba a permitirlo. Quizá no era hábil para socializar, pero no tenía que esconderse. Le levanté la barbilla con los dedos para que volviera a mirarme.

—¿Sabes lo que eso significa, Sam?

—Sexo.

No se andaba con rodeos. Esa palabra, sin embargo, tenía tanto significado, tantas posibilidades: desnudarla, meterse entre sus muslos abiertos, saborearla, follarla, chuparle los pezones, hacer que nos chupara la polla, tenerla de espaldas, arrodillada, agarrada a la cabecera de la cama, inclinada a un lado de la cama, siendo penetrada por dos pollas a la vez, en el coño y en la boca; en el coño y en el culo.

Todo eso llevaría más de una noche; llevaría días, semanas. Joder, el resto de nuestras vidas.

Como la lleváramos a mi cama, no saldría en mucho tiempo. Tenía que trabajar mañana. Todos teníamos que trabajar.

Y no estaba sobria. No les poníamos un dedo encima a mujeres que habían tomado, cuyo consentimiento estaba diluido por el alcohol. Me preguntaba si sería así de atrevida de no haber bebido.

Dio un paso atrás y la dejé.

—No sé qué cosas digo.

Hardin le entregó el vaso.

—Toma. Bebe esto.

Ella miró el vaso y asintió.

—Sí, no quiero lesiones en mis hepatocitos.

Me puse las manos en los labios para tapar la sonrisa que se dibujó mientras ella bebía un sorbo de agua. Le preocupaba el daño a su hígado. A Hardin le preocupaba la horrible resaca que iba a tener mañana.

—Estoy en casa de un extraño no solo con uno, sino con dos extraños. Nadie sabe dónde estoy. Acabo de sugerir sexo. Esto parece el guion de una película de terror o el *modus operandi* para traficar sexo.

Debería ofenderme que considerara que alguno de nosotros era traficante sexual, pero tenía razón.

—Sam, tal como te hemos dicho antes: estás a salvo con nosotros —dijo Hardin—. Como te hubieras ido a casa con otros hombres, te habría posicionado en mi rodilla y te habría hecho entrar en razón con azotes.

Se le desencajó la mandíbula y se sonrojó otra vez.

Se me puso dura al imaginarme a Sam en la rodilla de Hardin, con el culo desnudo y rosado con las huellas de su mano.

—Bébete el agua —exigió él, y ella así lo hizo—. La razón por la que viniste aquí es porque confías en nosotros. No tuviste que pensarlo, que analizarlo, ni abrir una hoja de cálculos.

Me tendió el vaso de agua vacío y luego, de forma completamente inesperada, se agarró el dobladillo del uniforme y de la camiseta manga larga que llevaba debajo y se la quitó con toda la torpeza y falta de pudor de alguien que no estaba sobrio. Su coleta quedó atrapada y tiró hasta soltarla.

—Bien. Ahora tendremos sexo.

Me quedé mirándola. Hardin se quedó mirándola.

No nos prestó atención, simplemente se dio la vuelta y se dirigió a mi dormitorio. Tuvimos un segundo para ver la forma de sus tetas debajo del sujetador de satén rojo antes de que se volviera. Verla desde atrás me hizo reprimir un gemido. Era bajita, pero no delgada, gracias a Dios. Tenía carne en los huesos, curvas delicadas y amplias que agarrar cuando la follara hasta que se olvidara su nombre

Todavía llevaba puesto el pantalón del uniforme y las zapatillas, los cuales no eran sexis en absoluto, pero su cintura se veía estrecha y sus caderas anchas bajo la tela.

—¿Qué coño lleva puesto? —preguntó Hardin, acomodándose los vaqueros mientras desaparecía tras entrar a mi dormitorio.

Ese sujetador era un arma implacable y letal para cualquier hombre que lo viera. Era de los que solo llegaba a la mitad, dejando ver las formas semicirculares que hacían que hombres adultos se corrieran en los pantalones. Sus pezones estaban escondidos, pero si respiraba profundo o decidía correr, saldrían de allí. La tela brillante captaba la luz y relucía en tono rojo.

Rojo, joder.

—¿Crees que lleve bragas a juego?

Me lamí los labios.

—¿Con ella? Por supuesto que hacen juego.

Gruñó.

—No podemos follarla.

El destino era cruel, porque estábamos mirando lo que no podíamos tocar. Lo que no podíamos lamer, chupar, besar, follar. ¿Y en satén? Me la iba a frotar recordando sus tetas por el resto de mi vida. Y ni siquiera la habíamos desnudado. Si se quitaba los pantalones, me correría en los míos cual un adolescente que ve por primera vez a una chica en ropa interior.

—Esta noche no.

—Pero no me voy a quedar aquí.

Tras eso, caminó hacia mi dormitorio.

Fui lo suficientemente listo para seguirlo.

Ella se había subido a mi cama y estaba arrodillada en el borde. El sujetador de satén hacía un contraste sexy con el pantalón del uniforme. Bajo la luz tenue de mi dormitorio, su piel se veía pálida, cremosa y perfecta. Esas tetas se veían deliciosas.

Gruñí y me acerqué de modo que Hardin y yo estuviéramos uno al lado del otro frente a ella.

—Bésame —murmuró, agarrándome la camisa y halándome hacia abajo. No iba a rechazarla.

Estaba desinhibida, dulce, suelta y llena de pasión; aunque, a la vez, muy inocente a la hora de besar.

Fue lo más sexi en todo el puto mundo. Mi polla quiso que siguiera besándola, que le agarrara una de las tetas, que tanteara el peso y estimulara el pezón para comprobar si era sensible.

Pero no. ¡No!

Me aparté y ella hizo un mohín. Un puto mohín.

—¿Y a mí? —preguntó Hardin.

Me soltó y agarró el dobladillo de la camisa de franela a Hardin. Era imposible que pudiese moverlo, pero él, listo para besarla, bajó la cabeza.

Verlos besarse fue tan excitante como besarla yo mismo. Pude ver su espalda arquearse hacia él, sus dedos agarrándolo con más fuerza. Pude verla sacar la lengua y entrelazarla con la de él.

Hardin duró tanto como yo y luego se apartó. Seguidamente se aplicó presión en la polla por encima de los vaqueros.

—¿Por qué te has detenido? —preguntó ella.

—Estás ebria, cielo. No vamos a tocarte en ese estado.

—Acabáis de hacerlo. Me habéis besado.

—Y no haremos nada más —repliqué.

Aquellas palabras no eran solo para ella, sino también para mí y para Hardin. Un recordatorio en voz alta de que no haríamos nada esta noche.

Ella se llevó las manos a las tetas y se las tocó. Desbordaban las palmas de sus manos, y la curva superior de un pezón se asomaba.

Joder.

—Quiero que me toquéis —dijo prácticamente en tono de súplica—. Quiero saber qué se siente. ¿Tenéis idea de lo que se siente que no me hayan tocado?

No alcanzaba a imaginarme que con su edad... ¿no la habían tocado?

—¿Nunca te han tocado? —pregunté, haciendo eco de sus palabras.

—¿Nunca has estado con un chico? —preguntó Hardin—. ¿Ni siquiera besos?

Ella meneó la cabeza y se desplomó sobre los talones.

—Nadie se me acercaba en Harvard, pues era demasiado joven y solo unos pocos babosos se volteaban a mirarme. La facultad de medicina fue diferente y besé a unos cuantos, pero ninguno me hizo sentir nada, así que ahí moría todo. He leído que el sexo es alucinante. Compañeras de clase me han contado lo bueno que era y cómo perdían la cabeza con algún chico. Nunca sentí ni siquiera atracción, así que pensé que tal vez estaba rota o dañada.

Hardin soltó una carcajada.

—Mírate. ¿Cómo coño vas a estar rota? ¿Tienes idea de lo preciosa que eres?

Ella sonrió.

—Pero no me vais a tocar.

Sacudimos la cabeza.

—Esta noche no.

—¿Mañana sí?

—Mañana sí —prometí.

—Vale, pero eso está muy lejos. Si no lo hacéis vosotros, me tocaré yo misma —resopló, y se echó hacia atrás con la actitud despreocupada y relajada propia de su estado de embriaguez. Su cuerpo rebotó y apoyó los pies en la cama, con las rodillas dobladas. Yo, desde luego, observé el rebote de sus tetas esperando —suplicando— que una se saliera por una copa de satén. No ocurrió, pero deslizó la mano por su vientre y por debajo del cordón de su uniforme y me olvidé por completo de los pezones.

—Estoy bien mojada por vosotros... —dijo, moviendo el brazo de una forma que nos hizo saber que se estaba tocando el coño y frotando el clítoris, aunque no la viéramos.

Miré a Hardin.

—¿Hacemos que pare?

No quería que parara. Joder, que no. Esto era lo más excitante que había visto, y estábamos vestidos.

Él no me miró.

—Lo está haciendo ella —me dijo—. No tienes que parar eso. Muéstranos lo mojado que está tu coño.

Vimos su brazo detenerse y luego moverse. La excitación de sus dedos brilló bajo la luz. Joder, quería agarrarle la mano y lamerle ese dulce jugo.

Pero no.

—¿Sueles tocarte, cielo? ¿Te corres? —le pregunté, con voz áspera y ronca.

Ella volvió a meter la mano en su uniforme y se tocó con un poco más de entusiasmo.

—Sí.

—¿En la cama por la noche? —preguntó Hardin.

Asintiendo, se mordió el labio y levantó las caderas. Sabía lo que le gustaba a su cuerpo y se puso a ello rápidamente. Claramente el alcohol había bajado sus inhibiciones. Me pregunté si había aumentado su excitación o si siempre llegaba al clímax rápido.

—¡Sí! —dijo, cerrando los ojos.

—Oh, no, cielos. Si quieres que miremos, abre los ojos mientras te tocas el clítoris.

Abrió los ojos de golpe y un jadeo se escapó de su garganta. Su otra mano le hizo compañía a la primera en sus pantalones y ahora sí se estaba tocando. Imaginé un par de dedos follando su coño, el otro haciendo círculos en su clítoris. No podíamos ver, pero podíamos imaginar y solo verla... Joder.

Me llevé la mano a la polla y traté de aliviar la necesidad.

Ella miró a Hardin, luego a mí, y se corrió.

Su espalda se arqueó. Sus caderas se levantaron. Sus tetas se balancearon con cada bocanada de aire que tomaba.

Estaba preciosa, completamente perdida en su placer, y nos miraba fijamente. Sabía que la mirábamos y eso la excitaba.

Quizá era virgen, pero no era ni un poco sosa. Era como Clark Kent, ocultaba su verdadera identidad tras unas gafas.

Parecía que su orgasmo iba a durar por siempre, pero cuando finalmente cesó, recobró el aliento.

—Qué bien lo has hecho —le dijo Hardin—. Has dejado que tus hombres te vean correrte de forma tan hermosa.

Una sonrisita se le dibujó en los labios y luego se quedó dormida. En cuestión de segundos se quedó rendida. Así de bueno había sido el orgasmo.

Hardin gruñó.

—¿De verdad esto está ocurriendo? —pregunté en voz baja—. ¿De verdad está la mujer más perfecta en mi cama, con los dedos en su coño, profundamente dormida?

—Desde luego.

6

 AM

Desperté porque el móvil sonó, no porque estuviera en una cama desconocida debajo un acogedor edredón, en un dormitorio extraño. No había nadie, pero se olía el café; por lo tanto, no estaba sola. No sabía cómo había acabado mi móvil en la mesita de noche junto a mis gafas, pero me suponía que uno de los muchachos lo había puesto allí antes de que me durmiera. Dios, ¿me había desmayado?

Lo cogí al segundo timbre.

—¿Diga?

—Doctora Smyth, le habla Marion Gables, de Recursos Humanos. Recibí su mensaje de voz de ayer.

—Sí —respondí.

—Añadí a su expediente el incidente que mencionó, pero para que esté al corriente, no hay nada que pueda hacer desde recursos humanos.

—El doctor Knowles invadió mi espacio, hizo contacto físico conmigo y me invitó a comer con él.

—Y usted dijo que le dijo a él que quería que mantuviesen una relación profesional. ¿Ha ocurrido algo desde entonces que indique que no se apegó a eso?

—Eso ocurrió hace dieciocho horas. No he estado en el hospital desde entonces.

—Le ruego que me comente si algo cambia. Que tenga un buen día.

Me colgó. La mujer estuvo tranquila, pero a la vez brusca y poco rigurosa. Conocía las leyes de acoso sexual y sabía que el doctor Knowles estaba violando cada una de ellas. Si Recursos Humanos no se tomaba en serio mis preocupaciones, estaba sola. Como siempre.

Como siempre, lo dejé pasar y pensé en mi problema más inmediato: Hardin y Mac.

Tenía que salir a confrontarlos. El reloj de cabecera me decía que me faltaban dos horas para mi turno.

Consideré la posibilidad de escapar por la ventana, pero mi abrigo estaba al lado de la puerta de entrada y no tenía coche. No recorrería ni una cuadra antes de congelarme. Aunque esa era una opción, porque no tenía ni idea de cómo iba a mirarlos a la cara. No después de mi comportamiento y de lo que hice.

Madre mía, me masturbé delante de ellos.

Llevaba solo los pantalones del uniforme, sin camisa. Recordé habérmela quitado, de forma atrevida. Prácticamente me les tiré encima y ellos me rechazaron.

—Dios santo —susurré al techo.

Me vino todo a la memoria; recordé a Mac diciéndome que no dejara de mirarlos mientras ellos me miraban.

Mierda, mierda. MIERDA. ¡Mientras me miraban!

Cogí mis gafas, me levanté de la cama y fui al baño. Me

miré al espejo y me percaté de mi pelo alborotado y mis ojos legañosos. Tenía que ducharme. ¿Era de buena educación usar la ducha de un hombre después de un rollo de una noche, aunque no hubiese habido sexo? No tenía otra opción. Ni de coña los iba a mirar a los ojos así. Estaba hecha un lío en circunstancias normales, pero ¿ahora? Gruñí. ¡Qué pensarían de mí!

No me quedé demasiado rato bajo el agua caliente a pesar de que se sentía tan bien y de que estaba disfrutando del familiar aroma del jabón de Mac. Después de secarme, separé la camisa del uniforme de la manga larga que llevaba debajo, y me puse de nuevo la de manga larga. No iba a ponerme las bragas sucias, así que, sin más, me puse el pantalón del uniforme.

Me pasé la lengua por los dientes, me palpé la piel y me cepillé los dientes con un poco de la pasta dental de Mac.

Volví a mirarme en el espejo. Todavía me veía consternada. Mojada y consternada.

Nunca me le había ofrecido a hombre, mucho menos a dos. ¡A dos! ¿Quién iba detrás de dos hombres? Me comporté como una lunática. Como una loca urgida de sexo…No, una lunática privada de sexo.

En mi mente estaban ellos mirándome, el recuerdo de sus miradas clavadas en mí, moviéndose escasamente como si fuese a parar si lo hacían. Hasta les vi los gruesos bultos de las pollas en sus pantalones. Recordé la de Mac y me pregunté cómo cabía en los vaqueros cuando estaba así de dura. Me deseaban. Hasta una virgen podía darse cuenta de eso.

El vodka y yo no nos llevábamos bien. Espera ahí. Deseaba a Mac y a Hardin desde antes de empezar a beber. Todavía los deseaba, pero tenía clarísimo que ellos ya no me querían para nada.

Solo tenía que pedirles que me llevaran al trabajo y que, apenas estuviese reparada mi llanta, la dejaran en el aparcamiento y dejaran mis llaves en la recepción del hospital. Le pagaría a Mac con tarjeta de crédito, por teléfono.

Y jamás volvería a verlos.

Suspiré. Sabía que estaba siendo mezquina. No habían sido más que amables. Otros se habrían aprovechado de mí, pero ellos no. Hardin incluso me dio un vaso de agua y me ordenó que me lo bebiera todo. Gracias a esa hidratación, no tenía ni una pizca de resaca.

Me había enfrentado a juntas médicas, a comités de revisión, había pasado revistas con el más despiadado de los adjuntos. Podía enfrentar esta vergüenza con dos hombres de Montana.

Era tan injusto pasar vergüenza sin haber follado.

Salí a la sala de estar y el aroma a café se hizo más fuerte.

—Buenos días —dijo Mac, saliendo de la cocina.

Me detuve en seco, bajé la mirada al suelo de madera, luego la levanté y miré esos oscuros ojos suyos. Llevaba una camiseta negra, vaqueros y calcetines en los pies. ¿Tan borracha estaba que no recordaba si había dormido en la cama conmigo o que había sacado ropa de su armario?

—Hola —murmuré.

Miré a mi alrededor en busca de Hardin. Era tan grande que no podía esconderse detrás de una planta.

Como si me hubiese leído la mente, dijo:

—Hardin se fue a casa cuando te dormiste. Creo que había quedado con su hermano para desayunar en una cafetería.

Asentí, pero me decepcionó ver que no estuviera aquí. Por muy avergonzada que me sintiera, quería volver a verlo. Qué tonta fui al pensar que se quedaría a pasar la noche en casa de Mac. Él tenía la suya... en algún lugar, y tenía una vida, planes, claramente un hermano. Estos nuevos sentimientos me hicieron caer en la cuenta de lo rápido que me había enamorado de él. ¿Cómo había pasado eso?

—¿Te apetece café? —preguntó Mac, sacándome de mis pensamientos.

—Por favor —respondí.

Se volvió y se dirigió a la cocina. Lo seguí y me detuve en la entrada. Él estaba frente a la cafetera.

—Mac, yo... lamento lo que hice anoche.

Me miró por encima del hombro, mirando primero mis ojos y luego mi cuerpo.

—Yo no lo lamento.

—Pero te he acosado. —Cerré los ojos—. Y a Hardin.

Lo escuché reír y lo miré confundida.

—Cariño, todos los hombres quieren que una mujer los acose. Es bueno para el ego. Créeme, Hardin tampoco lo lamenta en lo más mínimo —agregó y caminó hacia la nevera.

—Hice mucho más que eso.

—Desde luego que sí.

Me quejé.

—Yo no soy así. Nunca había hecho algo así.

—Como eres virgen, eso no es sorprendente. ¿Quieres leche?

—No —respondí.

Me tendió la taza humeante. Bebí un sorbo seguido de otro. Estaba acostumbrada al café del hospital, pero este estaba delicioso.

—¿Cómo te lo puedes tomar de forma tan tranquila?

Alzó sus cejas oscuras y cruzó los brazos sobre su amplio pecho. La cocina no era grande, pero estaba impecable. Había encimeras de granito y electrodomésticos de acero inoxidable. Había unas cuantas fotos a un lado de la nevera, pero no las miré. No podía, no con la mirada intensa de Mac.

—¿Te parezco tranquilo? Tuve que verte acostada en mi cama, tocándote el coño hasta correrte tan fuerte, al parecer, que te desmayaste.

—No me lo recuerdes, Mac.

—¿Que no te recuerde que ha sido lo más sexi que mis ojos han visto? ¿Que después de que te durmieras tuve que masturbarme en la ducha antes de acostarme? ¿Que la tenía tan dura después de acostarme en la cama de huéspedes que tuve que vaciarme las pelotas otra vez?

Vaya facilidad con la que hablaba de ciertas cosas.

—¿Te quité tu cama?

—¿Sabías que tienes poderes? —preguntó él.

Fruncí el ceño y me subí las gafas.

—¿Cómo?

—Me haces perder el control. He tenido que masturbarme dos veces para aliviar el deseo y poder quedarme dormido. Ni de coña iba a compartir una cama contigo.

—Eso fue anoche —dije a modo de excusa—. Probablemente fue mi sujetador de satén el que causó el efecto, no yo.

Cogió su taza de la encimera y bebió un sorbo.

—Ese puñetero sujetador sí que tuvo un efecto en mí. También en Hardin. ¿Crees que te deseo menos porque ha salido el sol?

Me encogí de hombros y no respondí.

Dejó la taza y se acercó.

—Quiero empujarte contra la nevera y besarte hasta la médula. Quiero quitarte ese uniforme, montarte en la encimera, arrodillarme y desayunarme tu coño.

De repente me dio calor. Todavía me deseaba. Y vaya

forma en que me deseaba. Ningún hombre había sido así conmigo. Imaginarme a Mac entre mis piernas, con su barba matutina rozando mi delicada piel...

—Oh.

—Sí, oh.

—¿Por qué no lo hiciste anoche?

—Te queremos sobria, cariño. Queremos que recuerdes todo lo que te hagamos, sobre todo si es tu primera vez. No somos unos idiotas.

—¿Los dos? Es que, pues, Hardin no está aquí.

—Los dos. Hardin se fue a casa y estoy seguro de que se la frotó una o dos veces nada más pensando en ese sujetador rojo e imaginando cómo te corrías. Créeme, te desea.

Mi corazón dio un brinco al escuchar sus palabras.

—Has dicho que me desean dos veces en tiempo presente, no en pasado.

—Así es. Volveré a decirlo: te deseamos.

Cogió mi taza y la puso en la encimera junto a la suya sin dejar de mirarme a los ojos. Llevó las manos a mi cintura y me llevó de espaldas hacia la nevera. Nerviosa, volví a subirme las gafas por la nariz.

Él se inclinó y me besó. Lo último que vi fue su boca bajando hacia la mía.

¡Oh! Nos habíamos besado anoche, pero no así. El alcohol facilitaba las cosas, pero también hacía que olvidaras detalles. Este beso sí que lo iba a recordar. Sentí la suavidad de sus labios rozando los míos, la presión de su cuerpo, la tela de su camiseta bajo mis dedos donde me aferraba. Sabía a café y a menta, olía a jabón, varonil y oscuro.

Cuando profundizó el beso, su lengua encontró la mía, acto que me hizo gemir. Me habían besado, pero habían sido besos tontos, chicos que querían llegar a algo con la friki. Los rechacé a todos.

Ahora sabía la razón; estaba esperando esto, a Mac y a Hardin.

No sabía por cuánto tiempo nos besamos, pero finalmente se apartó, con la mirada más oscura que antes.

—¿Ahora vas a desayunar conmigo?

Se apartó, puso las manos sobre la encimera y tenía un aspecto como si contara.

—Si te quito esos pantalones, no volverás a ponértelos por un rato bien largo. Probarte por primera vez y hacer que te corras en mi boca no será suficiente. Cuando te follemos, cariño, no será con prisa, no será en una encimera, y no seré solo yo.

Deseaba todo lo que me había dicho que quería hacerme. Mis pezones estaban duros, y parecía que él y Hardin eran los únicos que me hacían desear esto. Partiendo de solo un beso, quería más. Echaba de menos a Hardin. Desearía que estuviera aquí también para besarme.

—¿Hardin también?

—¿Crees que Hardin se va a ir?

—Se fue a casa anoche.

—Eres tan lista, pero parece que te cuesta entender esto.

Miré al suelo.

—Hardin se fue porque tenía la polla dura y tenía que encargarse de eso. Como te dije anoche, el único momento en que él y yo sacaremos nuestras pollas cerca del otro es si tú estás entre nosotros, consciente.

—Oh.

Me sentí como una tonta porque tuviese que repetírmelo.

—Es un grandulón, cariño, pero no es tan fuerte. Y yo tampoco. No cuando se trata de ti.

Se volvió y caminó hacia mí.

—¡Mac! —grité cuando tiró del cordón de mi uniforme, el cual cayó a mis tobillos.

—Hostia —murmuró, y luego me levantó a la encimera—. ¿Y tus bragas?

Chillé porque el granito estaba frío.

—Estaban sucias —contesté.

—Así es, nos mostraste lo mojada que estabas.

—¡Mac! —grité otra vez, avergonzada—. ¿Qué estás haciendo? Esto no es higiénico.

Se rio mientras se ponía de rodillas y me abría las piernas.

—Pon las manos detrás para apoyarte.

Me besó la cara interna del muslo y jadeé y sacudí las manos que tenía detrás de mí en el granito.

—No creí que fueses a hacer esto ahora. Tengo que ir a trabajar.

—He cambiado de opinión. Si lo rápido que te corriste anoche me enseñó algo es que esto no tardará mucho.

Cuando su lengua se deslizó por mi centro, mis caderas se agitaron y supe que tenía razón. Esto no nos iba a tomar nada de tiempo.

7

Hardin

—¿Os apetece café, chicos?

—Sí, por favor —le dije a la camarera.

Mark y yo estábamos en la cafetería tomando nuestro desayuno mensual.

La camarera era guapa, menuda, con curvas y una sonrisa muy mona. Mark le guiñó un ojo y le dedicó su sonrisa patentada de dientes absurdamente blancos. Ella se sonrojó.

Puse los ojos en blanco.

Mi hermano podía conquistar hasta a una monja y no me cabía duda de que la animada camarera sería una presa fácil para él.

Pero yo no estaba interesado en ella. Pensé en Sam, en ella tumbada en la cama de Mac, con las piernas abiertas y la mano metida en los pantalones, estimulándose. No era una experta en seducción, vamos, eso lo tenía clarísimo, pero lo era para mí. La polla se me puso dura y tuve que acomodarme en el taburete para estar más cómodo. Lo había hecho dos veces desde que me fui de la casa de Mac; una al llegar a casa y otra hacía un rato en la ducha.

—¿Has visto el partido? —preguntó Mark cuando la camarera fue a tomar el pedido de otra mesa.

La cafetería estaba muy concurrida este día de semana por la mañana, incluso a las seis y media.

Asentí. Mark estaba sentado frente a mí. No nos parecíamos en nada: yo tenía el físico de leñador de nuestro padre; Mark no era pequeño, medía metro ochenta, pero veía el fútbol desde las gradas en lugar de en la línea defensiva como yo. Tenía el pelo mucho más oscuro que el mío, aunque ahora tenía bastantes canas, ya que tenía más de cuarenta años.

—No me creía que marcaran un *touchback* en los últimos dos minutos.

La camarera nos trajo dos tazas y una jarra de café.

—Cuéntame, princesa, ¿estás con alguien?

Ella se sonrojó y apartó la mirada.

—No.

—¿Cómo te llamas?

—Sarah.

Su pelo rubio me parecía natural, le calculaba unos veinte años, y probablemente trabajaba para pagarse la universidad. Parecía agradable, pero era demasiado joven, incluso para mí. A Mark, por otra parte, no le importaba tener dos décadas de diferencia de edad.

Mark se inclinó hacia ella.

—Bueno, Sarah, puedo venir más tarde para hablar y conocernos. Podríamos ir a tomar algo.

Ella miró hacia la larga hilera de taburetes y sopesó lo que le dijo.

Yo solo me quedé sentado observando. Era una pasada ver a mi hermano en acción.

—Soy médico, trabajo en el hospital. Él es mi hermano, puede dar fe de mí.

Ella me miró y me encogí de hombros. Me estudió considerándome como opción de cita. No iba a darle ninguna señal. Mark tenía suficiente por los dos. Hasta usó el comodín de doctor.

Ella se mordió el labio.

—Salgo a las tres.

Mark se reclinó en la silla y asintió, al parecer bastante seguro.

—¿Puedes traerme el menú de dos huevos? —pregunté—. Tostadas de pan integral.

Sarah parpadeó y sacó su libreta de pedidos.

—Perdone. Sí, claro. ¿Poco hechos?

Tomó nuestros pedidos, le dedicó una sonrisa tímida a Mark y se fue.

—Joder, estás de remate. —Cogí un paquete de azúcar y lo abrí.

Mark sonrió y sirvió el café en nuestras tazas.

—Me sorprende que hermanos con una genética similar puedan ser tan diferentes respecto a las mujeres. A mí me gusta divertirme. Tú eres todo... joder, no tengo ni idea. ¿Cuándo fue la última vez que echaste un polvo?

—No voy a hablar de eso contigo.

—Eso significa que ha pasado un montón.

—Verte es suficiente disfrute —le dije.

Miró a la mesa y suspiró.

—Joder, hermano, estás mal. Disfrute es la rubia de anoche. —Se inclinó hacia delante, con los codos sobre la mesa y agregó en voz baja—: Era una fiera entre las sábanas. Normalmente tengo que engatusarlas para darles por el culo, pero esta se puso en cuatro patas, se abrió las nalgas y me lo dio.

Pensé en Sam siendo follada por Mac y por mí al mismo tiempo. Uno de nosotros le follaría el coño y el otro el culo. Estábamos muy lejos de eso, pero llegaríamos, le mostraríamos lo bueno que sería estar con los dos. Sin embargo, no iba a ocurrir porque fuera una conquista. Le demostraría que nos pertenecía a los dos.

Primero teníamos que desflorarla de forma correcta, que le gustara. Luego le mostraríamos todas las formas de darle placer. Pensar en pasar el resto de mi vida haciendo justamente eso me hizo moverme de nuevo en mi taburete.

—¿No quieres tener algo estable? —pregunté—. Es que una rubia anoche, la camarera esta mañana.

Mark removió su café con la cuchara distraídamente.

—Me aprovecharé en la cena —prometió, inclinando la cabeza hacia el mostrador de enfrente, lugar donde la camarera estaba llamaba a un cliente—. Hay una en la que estoy trabajando en el hospital. Nada de relaciones estables. Demasiada diversión la que puedo tener para conformarme con un coño.

Levanté la mano y me reí.

—Vale. Pásatelo bien.

No iba a hablarle de Sam. Todavía no. Era demasiado nuevo, y ella era especial. Él no entendía lo que se sentía enamorarse de una virgen con gafas y unas tetas exuberantes debajo de un sujetador rojo. Sí que se veía excitante tocándose en la cama de Mac, pero era algo entre nosotros. Algo privado, íntimo, excitante pero especial.

No lo arruinaría compartiéndolo con mi hermano cachondo.

—Está previsto que nieve el sábado. Treinta centímetros.

Carguemos las motos de nieve y saquémoslas. Yo tengo el domingo libre.

—Me parece bien —le dije justo cuando nos trajeron la comida.

Mark le guiñó un ojo a la camarera mientras yo cogía un trozo de tocino. Andaríamos en motos de nieve el domingo si era que no lo cancelaba por estar con una mujer.

———

SAM

Una hora después, luego de pasar por mi piso el tiempo suficiente para entrar corriendo por ropa limpia —definitivamente no iba a trabajar sin bragas—, Mac me dejó en el hospital. Dijo que repararía la llanta y que dejaría el coche en el aparcamiento antes de que terminara mi turno.

Estaba embelesada por lo que me había hecho en su cocina, y ni siquiera me di cuenta cuando el doctor Knowles se acercó a mí cuando cruzaba las ambulancias de Urgencias de la entrada

—Doctora Smyth.

No me detuve por él, solo me quité el gorro de invierno de camino a la sala de médicos y a mi casillero.

—Doctor Knowles.

—Veo que ha hecho nuevos amigos. —Abrió la puerta de la sala de estar y me la sostuvo.

Suspiré, pero no pude quejarme de que su caballerosidad fuese inapropiada.

—¿Cómo?

Todavía sentía cosquillas en el coño por la boca y los dedos de Mac, y me sentía feliz, extrañamente en paz, e intentaba reprimir la sonrisa que tenía en el rostro. Un orgasmo inducido por Mac era definitivamente digno de una sonrisa. Fui hacia mi casillero y metí la combinación de la cerradura para no tener que mirarlo. ¿Podría deducir en qué andaba por mi cara?

—Eres nueva en el pueblo, así que te daré algunos consejos.

—Creía que íbamos a hablar de suturas —repliqué, luego metí la bolsa en el casillero y me quité el abrigo de invierno.

—Besar al mecánico del pueblo no es una buena idea. Eres joven, no tienes buen juicio.

Me volví y me subí las gafas.

—Doctor Knowles, aceptaré sus consejos en cualquier ámbito médico; respecto a mi desempeño en el quirófano o con los pacientes. Mi vida personal no es asunto suyo.

Me ignoró.

—Él no es bueno para ti.

Pensé en lo bueno que era Mac y pude sentir el rubor en mis mejillas.

—Le repito que mi vida personal...

—Vale, fóllate al convicto. No digas que no te lo he advertido. —Caminó hacia la puerta mientras yo me le quedaba mirando y procesaba lo que había dicho.

—¡Espere! —llamé.

Él se regresó con una sonrisa en el rostro. Me había pillado y lo sabía.

—Explíquese.

No iba a comentar nada sobre si Mac me follaba o no. Solo quería saber la parte de convicto.

—Tu novio fue a la cárcel por comprar drogas.

¿Qué?

—¿Cocaína? ¿Metanfetamina?

Conocía los signos que había en una persona que consumía ambas. Los veía todo el tiempo en la práctica médica. La metanfetamina era mucho más obvia que el consumo de cocaína, pero no reconocí ninguna de las dos en Mac. Claro estaba que le había visto la polla ayer, no un análisis de sangre.

Negó con la cabeza.

—Oxi.

Ser adicto a los analgésicos era malo.

—¿Un tipo como él detrás de una cosita dulce como tú? Te va a comer viva.

Me comió, eso sí. ¿El doctor Knowles insinuaba que Mac me prestaba atención porque quería que le hiciera prescripciones para Oxi? ¿Que solo para eso me quería Mac?

Pasé el resto de mi turno entre tres cirugías consecutivas y pensando en Mac, también en mí; una virgen friki que usaba gafas, en lo mucho que las palabras del doctor Knowles me habían hecho dudar no solo de Mac, sino de mí.

Sin embargo, encontré un mensaje de Mac, lo cual, al principio, hizo que mi corazón diera un salto.

«Segunda fila, duodécimo sitio a la izquierda. Las llaves están en recepción».

Me había arreglado la llanta tal y como había dicho.

Hardin también me había dejado un mensaje.

«Es un nuevo día y ahora podemos tocarte. Nos vemos pronto».

No habíamos hecho planes, pero... vaya. Menudo texto. Me calenté con solo pensar que me tocaran, en sus pollas dentro de mí. Finalmente dejaría de ser virgen. Quería que fueran ellos. Sabía que lo harían bien. Dios, estaba tan cachonda por nada más que un texto. Seguro estallaría en llamas si tuviéramos sexo, que lo íbamos a tener.

Mac, el taciturno y oscuro protector que era experto en dar placer oral; Hardin, hombre demasiado gentil para su tamaño, detallista, cariñoso, preocupado. Su contacto daba calma. Sería un gran enfermero.

Pero mi mente seguía fijada en Mac, en lo que el doctor Knowles había dicho. ¿Mac estaba siendo dulce porque quería utilizarme por mi acceso a los analgésicos?

Pensé en ello durante todo el camino a casa, pero la idea murió cuando entré en mi piso. Estaba tal y como lo había dejado esta mañana, perfectamente ordenado. Excepto que no estaba tal y como lo había dejado. La verdad era que nadie más se daría cuenta, pero el mando de la televisión no estaba en la cestita de la mesita. Cuando fui a la cocina, vi que el imán que sujetaba el menú de la pizzería cercana estaba ahora a más de medio metro a la izquierda.

El corazón me latía con fuerza y sentía un hormigueo en las puntas de los dedos. Contuve el aliento y escuché. Nada más se escuchaba el zumbido de la nevera y el aire que salía de las rejillas de la calefacción. La puerta de entrada estaba cerrada con llave y, sin embargo, alguien había estado aquí desde esta mañana. Lo sabía. Los pequeños cambios eran algo que no podía pasar por alto.

Corrí a mi dormitorio. La almohada decorativa de la cama hecha estaba al revés; las flores señalaban el colchón. Solo mirarlo me enfadó. Yo jamás la pondría así. En mi baño, las toallas de mano del estante no estaban alineadas.

No.

Salí corriendo hacia la puerta de entrada, cogí las llaves y me fui. No me había quitado el abrigo ni las zapatillas. Mi bolso seguía colgado a mi hombro. Evadí el ascensor y bajé los escalones de dos en dos hasta la planta baja hasta estar en el frío de nuevo. Ya en la acera, me detuve para recuperar el aliento. Me sentía con taquicardia y como si mi presión arterial estuviese al límite de sufrir una apoplejía. ¿Qué iba a hacer? ¿Adónde debía ir? Solo un lugar se me vino a la mente: el taller.

Se me ocurría una cosa que me haría olvidar a la persona que había entrado a mi apartamento. Dos cosas, en realidad: Mac y Hardin.

La verdad, las pollas de Mac y de Hardin.

Había visto una, y estaba deseando ver la otra, y en acción. Toda la adrenalina de haber descubierto que alguien había estado en mi piso estaba concentrada en otra parte, y de mejor forma.

Mientras conducía por el pueblo, comprendí que este era el momento. Veinticinco años de preparación. Después de todos los fracasos anteriores, iba a conseguir que dos magníficos hombres me dieran orgasmos.

Antes de que me acobardara, entré en el taller, atravesé la vacía área y entré en la plataforma de servicio. Había un coche en un elevador y otro tenía el capó levantado. Todo estaba limpio teniendo en cuenta todos los aceites de motor refinados.

—Hola —dijo Hardin, caminando desde el fondo de la plataforma. Se estaba secando las manos con un trapo.

La sonrisa en su rostro indicaba que se alegraba de verme.

—Hola —respondí sin aliento.

—¡Mac! —gritó Hardin—. Sam ha venido.

Mac salió de una habitación trasera y caminó hacia nosotros con ese despreocupado contoneo suyo. Recordé las palabras del doctor Knowles, que Mac había estado en la cárcel por venta de drogas. No creía que estuviese mintiendo; me resultaba sencillo comprobarlo. Cuestioné los motivos del doctor Knowles porque parecían mezquinos, como si quisiera alejarme de Mac en lugar de protegerme de él.

No conocía muy bien a Mac, pero, basándome en mi instinto, me vine al taller después del asalto a mi piso porque… ¿por qué? Porque confiaba en ellos. Él no había hecho nada que me hiciera pensar que era menos de lo que me mostraba: un caballero que se arrodillaba en su cocina y me hacía sexo oral, un buen hombre y un chico malo en uno. ¿Y Hardin? Él y Mac eran amigos. También era un buen hombre. No llevaría un negocio con Mac si no lo considerara una buena persona.

Este era el tipo de cosas de las que mis padres me habían advertido —no de que me lamieran el coño, sino que no me enamorase de hombres extraños— cuando me decidí a mudarme a Cutthroat, ya que era tan ingenua, joven y despistada. Unas cuantas copas, unos cuantos besos y había perdido todo el juicio. ¿O no?

Pero no sentía miedo, ni preocupación, ni dudas. No sentía nada más que deseo. Deseaba a Mac y a Hardin. ¿Estaba cometiendo un error estúpido? Posiblemente. En definitiva, mi coño estaba pensando por mí. Que Mac me diera un orgasmo me hizo desear otro. Y con Hardin aquí, también… Me enteraría la verdad, pero más tarde. Después de descubrir lo que no había experimentado. Después de tener sexo; una función biológica que quería experimentar.

Ahora mismo.

—¿Interrumpo el trabajo?

—Sí —dijeron los dos al mismo tiempo.

Me reí, porque claramente no les molestaba que lo hiciera.

—Yo… eh, bueno…

—¿Va todo bien? —preguntó Hardin frotándose la barba—. ¿Has tenido un día duro en el hospital?

Parpadeé.

—¿Me estás preguntando por mi día?

—Sí. Hay momentos difíciles en tu trabajo.

Nunca me habían preguntado por mí día. La preocupación de Hardin me hizo sentir bien. También me hizo sentir de la mierda porque me hizo caer en cuenta de lo sola que había estado.

—Hoy fue un buen día. No tuve inconvenientes mayores ni fallecimientos.

Me preguntó por mi jornada de trabajo. No les iba a contar lo del asalto. No ahora. Se pondrían como locos y quería sexo, no un simulacro de un incendio. Quería, a menos por un tiempo, olvidarme de ello. Me aclaré la garganta y me subí las gafas.

—Definición de promesa: garantía de que se hará algo concreto o de que sucederá algo en concreto.

Los labios de Mac se torcieron.

—¿Y qué se prometió, cariño?

—Tener sexo hoy.

—Aquí no —agregó Hardin, levantando el brazo para señalar la plataforma de servicio.

—Sí, estoy segura de que habría unas cuantas infracciones al seguro —dije—. ¿Lo que está atrás es una oficina? —Señalé la puerta del lugar donde provino Mac.

—Sí —respondió él.

—Con un escritorio bastará. —Caminé hacia allá.

Hardin se rio.

—Ninguna mujer debería tener su primera vez detrás de un taller.

Me detuve en la puerta, observé el escritorio y gabinetes con archivos, pero mi atención se fijó en un sofá viejo. Olía a aceite de motor por todas partes. No era romántico, pero el romance no era lo mío. Era una persona realista, y esto iba a ser muy real.

Yo, con dos hombres, en un sofá.

—Una mujer debería tener su primera vez dondequiera que le apetezca —repliqué.

Hardin entró a la oficina. Me escudriñó el rostro con la mirada.

—Hablas en serio.

Asentí.

—¿No quieres una cama con sábanas suaves? Es posible que te duela un poco.

Bajé la mirada hacia su entrepierna.

—Si tu polla es como la de Mac, seguro que sí. Pero te referías a la ruptura de mi himen. —Sacudí la mano en el aire—. Desde hace mucho que no lo tengo.

Mac se recostó en la puerta abierta.

—¿Cómo pasó eso si eres virgen? ¿Montando a caballo?

Me reí.

—Nunca he montado a caballo, y durante mi rotación de Ginecología y Obstetricia esa nunca fue una opción. Aunque supongo que estando en Cutthroat es más posible que en pleno Boston.

Mac se apartó del marco de la puerta y se acercó a mí. Inclinó la barbilla hacia abajo para estudiarme con atención.

—Vale, cariño. Cuéntame cómo es que tienes ese coño preparado para nuestras pollas.

—Me hice con varios juguetes sexuales.

Hardin inclinó la cabeza hacia atrás y se rio.

—¿Hiciste un estudio científico sobre la masturbación?

Negué con la cabeza.

—No, es gratificación sexual.

Mac emitió un sonido gracioso en la parte posterior de

la garganta justo antes de besarme largo, profundo y tendido.

—Creo que tu estudio está incompleto, ¿no?

Parpadeé un par de veces cuando levantó la cabeza.

—Definitivamente. Lo que hiciste esta mañana fue exponencialmente mejor que cualquier cosa que haya hecho sola.

—Me enteré de eso. Estoy muy celoso —refunfuñó Hardin.

Mac llevó los dedos a la cremallera de mi chaqueta y la deslizó.

—Hardin, cierra con seguro. Y vuelvo pronto. Te toca añadir algo a la investigación científica de la doctora.

—Con todo gusto —gruñó Hardin, saliendo rápidamente de la oficina.

—¿Estabas desnuda cuando hiciste esos estudios? —preguntó, llevando los dedos al dobladillo de la camisa de mi uniforme y rozándome el vientre con los nudillos.

Meneé la cabeza.

—Primer error. Estar desnuda es muy importante.

Levanté los brazos mientras me sacaba la camisa por la cabeza, desnudándome una prenda a la vez.

—¿Vosotros también os desnudareis?

—¿Quieres volver a ver mi polla?

—Oh, sí.

—¿La mía también? —preguntó Hardin cuando volvió a la oficina, luego cerró la puerta. Sus manos se dirigieron a la hebilla de su cinturón, y con dedos hábiles, lo abrió.

—Os quiero a los dos, y no con fines científicos. Por favor.

8

Mac

«Por favor».

Me encantó esa frase. No estaba suplicando. Todavía. Muy pronto sí.

—Hazte a un lado, cretino. Es mi momento con nuestra chica.

Levanté una ceja por las palabras de Hardin y me quedé mirando a Sam. Tenía las mejillas sonrojadas y los labios brillantes por nuestro beso, pero más excitante era ver sus tetas rebotando por sus jadeos.

Hostia. Hoy llevaba encaje de color lavanda que no le ocultaba demasiado los pezones. La polla me golpeaba los vaqueros, ansiosa por penetrarla. Quizá había jugado con consoladores y vibradores, pero no se parecían en nada a la realidad. A menos que comprase una polla falsa de tamaño monstruoso, nunca se habría abierto como con nuestras pollas. Teníamos que ir despacio y prepararla. Dejarla más que preparada.

—Hardin está enfadado por no haber podido lamerte el coño esta mañana.

Hardin gruñó y se tumbó en el sofá. Estaba aquí desde el antiguo propietario. El cuero estaba desgastado y decolorado, pero nunca se había roto de la forma en que lo íbamos a romper hoy.

Le puse las manos en los hombros y la giré para que mirara a Hardin. Dado que él era demasiado grande y ella no, la cara de él quedó a la misma altura que sus tetas. Se desplazó hacia delante para que su boca quedara a unos centímetros. Alzó los ojos para verla.

—¿Está bien? —le preguntó.

Su consentimiento quedó clarísimo cuando nos dijo que quería tener sexo con nosotros y vino directamente a la oficina para conseguirlo. Pero al ser su primera vez, no tenía ni idea de lo que le esperaba y agradecía que él fuese atento. Estaba excitada, pero ese inteligente cerebro suyo podría empezar a analizarlo todo demasiado y cambiar de parecer.

—Sí.

Deslicé los dedos por la suave piel de sus hombros, tomando los tirantes de su sujetador a mi paso. Los bajé por sus brazos. Ella respiró profundamente y se mantuvo quieta.

Abrí el broche de la espalda y la prenda de encaje cayó al suelo.

—Joder —gruñó Hardin.

Al ser mucho más alto, tenía una vista buenísima de esos gloriosos pechos. No eran demasiado grandes, pero sí exuberantes para su pequeño cuerpo. Sus pezones se endurecieron mientras la observábamos.

Hardin se llevó uno a la boca y lo chupó. Las manos de

ella se movieron instantáneamente al pelo de él y se aferró con fuerza.

Ella jadeó. Él gimió. Yo miré, me desabroché el botón de los vaqueros y me bajé la cremallera para que mi polla tuviese un desahogo.

Él jugó con un pecho mientras lamía, mordía, chupaba y tiraba del otro. Lo hacía una y otra vez hasta que ella se retorció y gimió. Su capacidad de respuesta era lo más excitante.

Él se apartó y miró a Sam.

—Más tarde quiero jugar con ellos un poco más. Ahora móntame la cara.

Ella frunció el ceño. Hardin me miró y asentí.

Alargué el brazo hacia su cintura, tiré del cordón de su pantalón, se lo quité y la sostuve mientras se quitaba una zapatilla seguida de la otra.

—Tal y como esperábamos, tus bragas hacen juego con tu sujetador —comenté, admirando su culo con forma de corazón cubierto por el encaje.

—Quítatelas —le dijo Hardin mientras se giraba y se inclinaba hacia atrás, apoyando un codo en el sofá.

Ella no se lo pensó dos veces y se las quitó hasta quedar desnuda.

Hardin se rascó la barba mientras la contemplaba, pero solo durante unos segundos. Con una rapidez que un hombre grande como él no debería tener, le agarró la mano y la atrajo hacia sí, luego se recostó y tumbó en el sofá. Un pie estaba sobre el cojín del asiento, con la rodilla doblada, y el otro en el suelo.

—¡Hardin! —gimoteó ella mientras él la maniobraba fácilmente para que se sentara a horcajadas sobre su pecho.

—Puedo sentir lo caliente y húmedo que está tu coño. Súbelo aquí.

—¿Dónde? —preguntó ella.

Él se lamió los labios, luego la levantó de nuevo para ponérsela en la cara.

—Aquí.

La bajó y le puso la boca en el coño.

—¡Oh! —gritó, y él se dedicó a darse un festín.

Una mano golpeó el respaldar del sofá, y ella comenzó a retorcerse y a mover las caderas sobre la cara de Hardin.

Yo alargué el brazo, me saqué la polla y agarré la base mientras la veía correrse. Hardin era bueno, y Sam era muy muy receptiva. Me dolían las pelotas de verla inclinar la cabeza hacia atrás, con la boca abierta mientras gritaba. Sus tetas se movían mientras su espalda se arqueaba.

Era tan preciosa, y tan nuestra.

Cuando por fin se calmó, Hardin se la volvió a montar en el pecho y se limpió la boca con el dorso de la mano.

—Qué rico. Yo diría que ya estás lista para nuestras pollas.

Ella no habló, solo asintió.

Hardin giró la cabeza y me miró.

—Dame un condón.

Teníamos una caja guardada en el gabinete. ¿Por qué? No tenía ni idea hasta ahora. Cogí un paquete largo, lo puse en el escritorio, arranqué uno y se lo lancé a Hardin. Él lo atrapó en el aire y abrió el envoltorio con los dientes.

—Mira lo que le haces a Mac —dijo Hardin.

Sam tenía la mirada clavada en mi polla, igual que en Urgencias. En lugar de estar sorprendida como en ese momento, la miraba cual zorra hambrienta de polla. Como si quisiera chuparla y follarla duro. Puesto que nunca había hecho ninguna de las dos cosas, sabía que su expresión era genuina. Y si eso no hacía que se me pusiera más dura...

—Ya me la has visto así, ¿no es cierto, cariño?

Asintió y miró a Hardin.

—También quiero verte a ti.

Él ni siquiera parpadeó, tan solo la levantó una vez más y la movió hacia atrás para que se sentara a horcajadas sobre sus muslos.

—Sácamela.

Ya tenía el cinturón desabrochado, por lo que ella lo tuvo fácil para abrirle los vaqueros. Él la ayudó levantando las caderas para que se los bajara y quedara así libre su polla. No tenía idea, pero parecía que a él tampoco le gustaba la ropa interior. La tenía dura, gruesa y lista para Sam. No me gustaba su polla; estaba deseando ver a Sam cuando se la metiera y le abrieran ese coño por primera vez.

No me sentía celoso por no ser yo. Todo lo que hiciéramos en esta oficina era su primera vez. Siempre recibiría placer de nuestras dos pollas.

———

SAM

Madre... mía... Así no me había imaginado esto. En lo absoluto. Conocía la biología de la excitación, que el pene entraba en la vagina y eyaculaba. Imaginaba la posición de misionero, una cama, luces tenues, empujes, gruñidos, sudor.

Hasta ahora no había hecho ninguna de esas cosas con Mac y Hardin. Y me había corrido dos veces.

Hardin abrió el envoltorio del condón con los dientes.

—Mira y aprende cómo se pone y luego puedes colocárselo a Mac cuando sea su turno.

Me mordí el labio e intenté no reírme.

—¿Qué es tan gracioso? —preguntó Hardin, haciendo una pausa con el condón entre los dedos.

—Yo nunca hago cosas normales. ¿Qué mujer se acuesta con dos hombres?

—No muchas —concordó Mac. Estaba igual que en Urgencias, con la mano en la base de la polla.

—Exactamente. Menos en la primera vez. Me estoy dando cuenta de que nunca seré normal.

—Pues bien —dijo Mac—. Lo normal es aburridísimo.

—Demasiado aburrido —comentó Hardin, y luego se puso el condón.

Presté mucha atención mientras lo desenrollaba un poco para dejar un reservorio en la punta, y luego lo colocó en el grande de su enorme polla. Era inmensa. Más gruesa que la de Mac y de color más oscuro. Lo miré agarrarse la base y desenrollar la protección para cubrírsela por completo.

—Es hora de que me montes —dijo Hardin.

—¿Quieres que esté arriba?

—Así marcas el ritmo y te tomas el tiempo que necesites.

—Pero...

—Está pensando demasiado —dijo Mac, y me volví a mirarlo. Tenía una ceja arqueada, como retándome a protestar.

—Ven aquí —agregó Hardin, llamándome con el dedo.

Me agaché y lo besé. Su lengua encontró la mía y se enredaron entre sí. En algún momento me llevó las manos hacia el brazo del sofá.

—Súbete —dijo.

Fruncí el ceño, pero hice lo que me dijo. Cuando me incliné hacia delante, mis tetas le quedaron en toda la cara. Los agarró con suavidad, los acarició, los amasó y luego empezó a jugar con los pezones. Dios, amaba su boca, sus dedos. Era como una magia ligeramente dolorosa.

Olvidé que Mac estaba mirando y que estábamos detrás de un taller. Olvidé también quién era. Solo sentí.

Empecé a moverme, ansiosa por más. Lo necesitaba.

Jadeé cuando sentí dedos en mi coño que acariciaban la hinchada carne.

—Está mojada. Exquisitamente mojada —murmuró Mac.

Empecé a menearme. Quería que hiciera algo.

—Por favor —le supliqué.

Me introdujo un dedo; jadeé y se lo apreté. Sabía que eso no era nada comparado con lo que Hardin tenía entre las piernas, pero me gustaba. Lo anhelaba.

—Más —suspiré—. Por favor. Joder, qué bien se siente.

Entre el dedo de Mac y la boca de Hardin, estaba a punto de correrme otra vez.

—Súbete en esa polla, cariño —me dijo Mac. Hardin tenía la boca ocupada.

Deslicé las rodillas a los lados de las caderas de Hardin, y Mac me sacó el dedo. Me levanté y quedé encima de él.

—Muy bien. Ahora agárrala. Más duro. Abajo, así. Eso es. Ahora métetela lentamente —instruyó Mac. Escuché sus carnales y sucias palabras—. Mira cómo abre ese coño. Joder, qué excitante. Vuelve a subir y ahora baja. Mira cuánta polla te has metido.

Siguió hablando mientras bajaba sobre la polla de Hardin. No fue una tarea fácil. Esto no era para nada como los consoladores con los que me había masturbado. Se quedaron cortos. Me ardía que me estirara, pero a la vez se sentía bien. La tenía dura y muy gruesa.

—Joder, qué apretada estás —dijo Hardin, soplándome el húmedo pezón—. Me estás matando.

Lo miré. Tenía la frente llena de sudor y la mandíbula apretada.

Seguí subiendo y bajando, follándome lentamente sobre él.

—¡Me corro!

—Sí, eso es. ¡Qué buena chica tomando una polla tan grande! —canturreó Mac, acariciándome la espalda—. Eres tan preciosa y tan perfecta.

Finalmente me senté en el regazo de Hardin, con su polla enterrada en mi interior. Me senté y jadeé, con él penetrándome en lo más profundo. Posé las manos en su pecho, lo que permitió sentir la contracción de los duros músculos bajo su camisa.

Mientras que yo estaba completamente desnuda, ellos solo tenían las pollas afuera.

—Es hora de que te muevas o voy a quedar como un tonto.

Fruncí el ceño y pensé.

—No la hagas pensar —soltó Mac.

Hardin llevó las manos a mis caderas, y me levantó hasta el punto en que solo su glande quedaba dentro de mí, luego me bajó de golpe.

—Dios santo —chillé.

—¿Otra vez? —dijo Hardin con una sonrisa.

—Por supuesto.

A pesar de que estaba yo arriba, él me guiaba. Su fuerza le ponía muy fácil el follarme. La incomodidad se desvaneció y las increíbles sensaciones que estaba despertando hicieron que me moviera sin pensarlo. Él retiró las manos cuando encontré el ritmo deseado. Hice círculos, me levanté, bajé, volví a menearme en círculos.

Hardin se lamió la yema del pulgar, luego metió el brazo entre nosotros y me frotó el clítoris y...

—¡Sí! —grité, y me corrí apenas hizo contacto con ese botón súper sensible un par de veces.

Apreté, lo cabalgué como quise, extasiada por cada momento de placer.

Hardin me apretó las caderas con más fuerza, me penetró con fuerza y se quedó ahí en lo profundo mientras gritaba y se corría.

Sonreí —fue imposible no hacerlo— y dejé caer la cabeza.

—¿De eso me estaba perdiendo? —pregunté, agotada.

Hardin sonaba como si hubiese corrido una maratón. Me tomé el atrevimiento de agarrar las dos partes de su franela y la abrí de un tirón. Unos pocos botones salieron volando por la oficina y rebotaron en el suelo de cemento.

—Oh, sí —dije, deseosa de pasar las manos por su piel desnuda.

Se sentía caliente al tacto, suave, pero podía sentir el duro juego de los músculos debajo. Tenía un poco de vello en el pecho, no demasiado, solo lo necesario.

—De nosotros te estabas perdiendo —aclaró Hardin.

Tal vez tenía razón. Puede que no hubiese sido así con nadie más.

—Arriba —dijo Hardin, levantándome de él con cuidado—. Tengo que desechar el condón.

Retrocedí, me senté en el lado más alejado del sofá mientras él se levantaba y se dirigía al cubo de la basura.

—Esto no es nada higiénico —dije, dándome cuenta de que estaba con el culo desnudo una vez más en una superficie pública.

—Jamás volveremos a ver este sofá de la misma manera después de esto, cariño —dijo Mac—. Túmbate para el segundo asalto.

Me moví y me deslicé para acostarme de espaldas. En

algún momento se había puesto el condón y estaba listo para mí.

—¿Lista? —me preguntó.

—Tú eres el que parece listo. Quítate la camiseta —le pedí a Mac.

Hardin miró por encima del hombro mientras Mac se sacaba la camiseta por encima de la cabeza. Él también tenía vello en el pecho, solo que más oscuro que el de Hardin. Aunque Mac estaba bien tonificado —deseaba pasar las manos por esos abdominales— era más pequeño que Hardin; de hombros más estrechos y caderas más definidas. Fueron los tatuajes los que llamaron mi atención, demasiados para fijar la mirada en uno solo. Algunos eran monocromos, otros multicolores. Formas geométricas, palabras, imágenes que cubrían un brazo y parte de su torso.

Apoyó una rodilla en el sofá.

—Estoy listo desde el primer momento en que te vi.

Bajé y él se acomodó encima de mí, apoyando la mayor parte de su peso en una mano junto a mi cabeza, pero me apretó contra los cojines. Sentí cada centímetro de su duro miembro. Dios, ¡qué sensación! No tenía ni idea de que pudiera sentirme tan dominada y tan segura con un hombre encima de mí.

—¿Más? —me preguntó, mirándome los ojos y los labios.

—Más —susurré.

—¿No estás dolorida?

Negué con la cabeza. Lo estaba un poco porque Hardin era grande, pero se sentía bien.

—Admito que, cuando nos contaste de los consoladores con los que te has masturbado, estaba un poco celoso. Ahora me alegro de que los hayas usado. Las vírgenes no pueden con un hombre tan fácilmente, y menos con dos.

—Ya no soy virgen —comenté con una sonrisa.

Hardin emitió un sonido divertido mientras se metía la polla de nuevo en los vaqueros, y luego se dejó caer en la silla del escritorio para mirar.

Lentamente, Mac se introdujo en mí con sumo cuidado.

—Oh, joder. Que no lo eres —gruñó, bajando la cabeza para besarme.

Se tragó mis jadeos y mis gemidos mientras me follaba, imitando con la lengua lo que su polla hacía.

Hardin era el tranquilo, el que tocaba, pero me había follado duro... o al menos eso creía yo. Mac era lo contrario; era el salvaje, pero justo ahora iba lento, suave y paciente.

Posé las manos en su cintura y las bajé para acariciarle el culo bajo los vaqueros y para sentir el juego de músculos tensos mientras me follaba.

—Mac —susurré cuando me besó el cuello y me mordisqueó la oreja.

Incliné la cabeza para darle mejor acceso, levanté la rodilla hacia su cadera, lo cual, descubrí, cambiaba el ángulo de la penetración. Jadeé al experimentar la deliciosa sensación.

—Qué rico, cariño. Qué bien se siente.

Me folló en el sofá con una precisión implacable y paciente. Intenté levantar las caderas para recibir más de él, para que me follara más rápido, más duro. Pero no quiso. Tenía el control. Y ese control me permitió dejarme llevar, abandonar todo lo que tenía en la cabeza. Me permitió entregarle mi cuerpo y mi alma.

Entre un silencioso jadeo, me corrí. El placer me invadió en forma de olas suaves.

—Joder, me estás apretando. Joder.

Dejó caer la cabeza junto a la mía, se enterró profundamente y se corrió, con el pecho pegado al mío. Podía sentir los rápidos latidos de su corazón y su respiración entrecortada.

Esto no había sido clínico, ni siquiera biológico; había sido... instintivo. Como si algo primitivo dentro de mí se hubiera desatado. No controlé ninguna de las reacciones de mi cuerpo, y era obvio que Hardin y Mac no habían podido hacer lo mismo.

Eso no había sido una relación sexual; había sido follar.

Sexo puro y duro.

Y eso me sacó una sonrisa.

9

Hardin

Madre mía de mi vida.

Eso sí que fue intenso. Fue la conexión más fuerte que había sentido con una mujer. Y lo habíamos hecho en el viejo sofá detrás de la oficina. Ver el coño de Sam siendo abierto por primera vez y saber que era yo quien lo hacía fue algo que jamás olvidaría. Sus ojos se abriéndose de par en par por la sorpresa, la forma en que se mordía el labio, concentrada, y cuando perdía esa concentración y el instinto tomaba el control.

Ella era... increíble.

Cuando me senté en esa incómoda silla del escritorio y vi a Mac estar con ella, verla obtener placer no solo de mí, sino también de mi mejor amigo... joder.

Me sentía muy complacido y emocionado. De esto era de lo que hablaban algunos. Decían que era diferente, que era mejor, con la mujer adecuada. Mark no lo entendería, pero no me importaba.

Esto lo era todo.

Y quería más. Quería hacerlo otra vez.

Mac se la sacó a Sam y se dispuso a desechar el condón. Ella no se movió. Estaba saciada y claramente contenta y desnuda, sin darse cuenta de lo bien que se veía. Tenía las piernas abiertas y su coño era visible. Su vello pálido estaba recortado, los labios rosados hinchados y sonrojados. Desde aquí veía lo mojada que estaba.

Otra vez tenía dura la polla. Quería más. Una vez no iba a ser suficiente. No hoy, no en esta hora.

—Es hora de que follemos en una cama —dije.

—En tu piso —agregó Mac—. Quiero ver todos esos juguetes de los que hablaste.

Los ojos de Sam se abrieron de golpe y se incorporó tan rápido que pensé que se caería y se golpearía la cabeza.

—No —dijo ella rápidamente. Aunque estaba preciosa desnuda, con las tetas perfectas y listas para seguir jugando —joder, podría jugar con ellas durante horas sin aburrirme— volvió a ser la Sam pensativa y quisquillosa.

—Queremos ver a la competencia —bromeé.

Ella negó con la cabeza, se subió las gafas y se agachó para coger sus bragas.

Moví la silla con los talones para ponerme frente a ella.

—¿Qué pasa, Sam?

Me miró, levantó la pierna y se puso las bragas.

—Nada.

Mac se rio.

—Imposible que no haya nada. Siempre hay algo. Suéltalo.

Ella meneó la cabeza. Hizo un intento de meter la otra pierna en las bragas y casi se cae. Le agarré el brazo.

—Sam —dije.

Se subió las bragas, lo cual fue una pena, y se quedó paralizada.

—¿Por qué no quieres que vayamos a tu piso?

—Es que...

La acerqué a mi regazo y la envolví con los brazos. Joder, qué bien se sentía su suave y perfecta piel. Desearía poder tenerla desnuda siempre.

—Nos vas a decir ahora mismo.

No iba a dejar que se levantara hasta que me lo dijera. Toda su actitud había cambiado, como si hubiese presionado un interruptor.

Ella respiró profundamente, acto que hizo que empujara las tetas a mi antebrazo.

—No quiero ir. Alguien ha estado ahí.

—Pero ¿qué cosas dices? —preguntó Mac, pasándose una mano por el pelo. Se movió hacia el sofá y se sentó.

Nos giré en la silla para mirarlo.

—Fui a casa cuando salí del trabajo. —Respiró profundamente y exhaló—. Las toallas de mano de mi baño no estaban alineadas.

—¿Estás segura de que no las dejaste así? —pregunté.

Giró la cabeza y, con una ceja rubia arqueada, me miró como si le sorprendiera que le hiciera esa pregunta.

—No las dejaría así. No podría.

Sabía que era precisa, lo cual significaba que tenía un trastorno obsesivo compulsivo hasta cierto punto. Probablemente no hasta un nivel real de compulsión, pero así le gustaba hacerlo todo. Era lo que le daba consuelo.

—¿Qué más? —preguntó Mac.

Él la observó con atención, como si pudiera obtener respuestas evaluando su actitud además de sus palabras. Yo podía. Era obvio que le molestaba lo que había visto, que estaba disgustada.

—El imán de mi nevera había sido cambiado de lugar. No me gusta que esté cerca de la manilla. El menú de la pizza me golpea la mano cuando abro la nevera. Además, el mando de la tele no estaba en la cesta de la mesita. Alguien estuvo ahí.

El mando de mi televisión siempre estaba en mi sillón reclinable, a la derecha. Si llegase a casa y lo encontrase en la mesita, pensaría que estoy loco por unos tres segundos, y luego me preguntaría quién coño había estado mirando mi televisión. Le creía.

Eso significaba que alguien había estado en su piso. No me atreví a preguntar si había dejado la puerta abierta, porque si era tan cuidadosa con las toallas de mano, no olvidaría algo así.

—¿Por qué no nos lo has dicho? —preguntó Mac, con voz calma, pero con un tono oscuro.

Sí, estaba cabreado, muy probablemente con el gilipollas que había entrado a su piso, pero también con Sam.

Ella se bajó de mi regazo, levantó la camiseta de Mac del suelo y se la puso. Le llegaba casi a las rodillas y le quedaba como un saco de patatas. Pero las tetas le sobresalían del algodón, y no se nos pasó por alto la dureza de los pezones. Estaba buenísima.

—Estaba distraída —respondió.

Mac negó con la cabeza.

—No, usaste el sexo como una distracción.

Ella se encogió de hombros.

—Es lo mismo.

—Para ti, señorita mañosa, no es lo mismo y lo sabes. ¿Tenías la intención de decírnoslo?

Cuando se mordió el labio inferior, tuve mi respuesta.

Llevábamos apenas un día conociéndola. No era mucho tiempo cuando se trataba de relaciones. A cualquier otra mujer le habría dado un beso en la cabeza después de follar, la habría acompañado a su coche y me habría olvidado de ella. Como hubiese querido algo más, me habría parecido pegajosa.

Con Sam sentía que era yo el pegajoso. Lo quería todo con ella —no le habría quitado la virginidad de no ser así—, pero ella no parecía tener la misma mentalidad. Y eso era lo que me cabreaba, que nosotros sintiéramos más que ella.

—¿Querías nuestras pollas pero no nuestra protección?

Inclinó la cabeza hacia atrás como si la hubiera abofeteado con mis duras palabras, pero no discutió ni me contradijo. Sí, eso era lo que pensaba.

—¿Por qué querríais haceros cargo de mis problemas? —preguntó.

Joder. Es que hablaba en serio.

—¿Por qué? —le pregunté, tratando de mantenerme calmado. Le señalé el pecho—. Llevas puesta la camiseta de Mac. Apuesto a que tu coño está dolorido por nuestras pollas. ¿Por qué cojones no lo haríamos?

—Alguien te ha cortado la llanta ayer —recordó Mac—. Hoy ha entrado alguien a tu piso. ¿No pensaste que querríamos saberlo?

—No os conozco —protestó finalmente.

—Estás desnuda en nuestro taller. Nos conoces bastante bien.

Se sonrojó y apartó la mirada.

—Fue solo sexo —dijo.

—¿Qué te hace pensar eso? Nunca habías follado con nadie. ¿Crees que es siempre así? —Me puse en pie, me acerqué a ella y le levanté la barbilla para que me mirara—. ¿Crees que esta conexión entre nosotros no significa nada?

¿Que fue solo un polvo en un sofá? ¿Crees que te habríamos quitado la virginidad si no significaras algo? ¿Si no significaras todo?

Me miró con esos ojos azules, estudiándome y pensando. Pude ver su mente trabajar.

—No soy la única que guarda secretos.

Fruncí el ceño y le froté su suave mejilla con el pulgar.

—¿De qué estás hablando? —pregunté.

Ella miró a Mac.

—¿Te arrestaron por comprar drogas?

SAM

Estaba teniendo latigazos emocionales. En un momento me estoy corriendo con la polla de Mac, y al siguiente lo estoy interrogando sobre sus antecedentes penales. Estaban enfadados porque no les había contado del asalto, y yo le di la vuelta y lo volví en contra de Mac.

Hardin me quitó los dedos de la barbilla y se acomodó en la silla.

—Dios, ¿esto otra vez? —susurró para sí.

Mac no se inmutó, ni siquiera parpadeó por mi pregunta.

—Sí.

Lo admitió sin tapujos. Sin titubear, sin excusas ni evasivas.

—¿Cómo te has enterado? —quiso saber.

—En el hospital.

No iba a dar detalles porque eran irrelevantes. Lo único relevante era lo que había hecho.

Él frunció el ceño, se inclinó hacia delante y apoyó los antebrazos en los muslos. Se veía tan bien sin camisa. Los tatuajes solo realzaban su imagen de chico malo. Por una vez era más alta que él.

—Suposiciones —refunfuñó.

Crucé los brazos sobre el pecho y esperé.

—¿Qué más te dijo tu fuente? —preguntó.

—Nada.

Sacudió ligeramente la cabeza.

—Suposiciones otra vez. Sabes una parte. ¿Me dejarás contártelo todo?

Tragué saliva, miré a Hardin y me dedicó una sonrisita. ¿Estaría aquí si Mac fuese un drogadicto? ¿Serían amigos si no solo pareciera un chico malo, sino que lo fuera?

Me gustaban la información y analizar el proceso. No rehuía los hechos, los hechos reales. Quería saber la verdad. Necesitaba saberla.

—Mi madre tuvo cáncer de ovarios cuando tenía dieciséis años. No teníamos seguro médico a pesar de que ella tuviese dos trabajos. Cuando se enteró de lo que era, ya era demasiado tarde para la quimioterapia. Estaba en estadio IV. Se puso mal muy rápido y no pudo seguir trabajando.

Oh, Dios. Había conocido mujeres que luchaban contra ese estadio de cáncer, sabía que sus posibilidades eran muy bajas.

—Trabajé a tiempo parcial después de la escuela para el taller. El dueño fue como un padre para mí, pero esa es otra historia. Me dejaba trabajar todas las horas que podía para pagar el alquiler y la comida. Las facturas médicas se acumulaban; el dinero que ganaba se me iba como el agua entre los dedos.

Levantó la mano como si agua imaginaria cayera al suelo. Mac era intenso, pero parecía que era así porque sentía intensa y profundamente. La forma en que me miraba, la forma en que me deseaba no era simple. No era superficial. Era complejo. Este hombre, con aspecto del chico malo de Cutthroat, no era tan malo en absoluto. Los tatuajes y la actitud escondían un dolor que no desaparecía.

Dejé caer las manos a los lados.

—Al final sufrió mucho. Sentía más dolor del que las pastillas que le habían recetado podían tratar. Estaba muriendo, así que le dije que tomara lo que necesitara, no lo que ponía el papel.

Odiaba que la gente abusara de las recetas, pero, en este caso, lo entendía. Se estaba muriendo. El uso excesivo de medicamentos para el dolor era la menor de sus preocupaciones.

—No podía escuchar su sufrimiento y quedarme de brazos cruzados —continuó—. Los quejidos y gemidos a altas horas de la noche los podía escuchar a través de la pared que había entre nuestros dormitorios. Dios, para ella fue una agonía; para mí lo fue saber que sufría, así que salí a buscar analgésicos. Los encontré, pero me atraparon en una redada. Me arrestaron y me metieron en el reformatorio por tres meses.

Se me desencajó la mandíbula.

—Santos cielos —susurré—. ¿Y tu madre?

—Murió. —Se mordió el labio, miró hacia otro lado y luego a mí otra vez. Sus hombros se desplomaron mientras miraba el suelo entre sus pies—. Mientras yo estaba en el reformatorio. Recuerdo cuando me lo dijeron, la mirada de la mujer. No tuvo que decir palabra. Mamá nunca recibió esas pastillas extra para el dolor, y murió sola.

Hubo un silencio pesado entre nosotros. Hardin no había hablado y seguía sin hacerlo. No era de los que hablaban solo para llenar un vacío. Estaban esperando por mí.

—Lo siento, Mac. Es horrible lo que te ha pasado. Cometiste un delito, el abuso de la oxicodona está destruyendo nuestro país, pero debieron considerar las circunstancias. Te juzgaron mal.

Respiró profundo y se puso de pie.

—Dime algo, cariño. ¿Nos follaste para pasar un buen rato? ¿Fue un polvo salvaje con la polla de un chico malo?

Sus palabras fueron duras, y me sentí sucia y utilizada. Pero yo misma me lo había buscado. Tragué saliva. No pude pronunciar ninguna palabra antes de que él continuara.

—Sabías de esto antes de venir aquí. ¿Querías pasar un rato con un convicto? ¿Desflorarte para compensar todos los años que no has follado?

Estaba acostumbrado a que la gente me gritara, a que descargara su ira por la muerte injusta de un ser querido, por la cruel desgracia de algún tipo de enfermedad. Pero, aunque fuera yo quien diera las malas noticias, ellos no se molestaban conmigo personalmente; era la mensajera.

Había aprendido a hacer de corazones tripas. Era necesario, no solo profesionalmente, sino también personalmente. Me había endurecido el corazón por los padres negligentes, por la falta de amigos, por la gente que no se preocupaba realmente, sino que estaba más interesada en que yo fuera una rareza.

Pero ¿esto? Las palabras mordaces de Mac iban dirigidas a mí. A mí. Y habían dado en el blanco.

—Respóndeme, cariño —dijo Mac—. ¿Creíste que había sido yo el que entró a tu piso? ¿Que estaba buscando drogas? ¿Que me gustabas solo porque podía obtener récipes por medio de ti?

—¿Qué? —balbuceé—. Yo...

No pude pensar en algo que decir porque lo que sugería era demasiado fuerte.

Se agachó, levantó mi sujetador y me lo lanzó. Lo atajé por instinto. Antes, me sentí sexi con el encaje, pero ahora lo veía vulgar.

—Ya te has divertido. No te lo conté porque ocurrió hace mucho tiempo y era algo irrelevante. No es que no confiara en ti para decirte la verdad —como tú, que no nos contaste que alguien entró en tu apartamento—, sino porque aún no habíamos tenido tiempo suficiente para compartir muchas cosas. Como dijo Hardin, no te habríamos tocado si no quisiéramos que fueras nuestra chica.

—Mi intención no fue...

Me interrumpió.

—O nos dejas entrar o nos dejas ir.

Sus palabras dolían. Le había hecho daño, les había hecho daño a los dos al no confiar. Tenía que arreglar esto porque no podía vivir con este dolor. Incluso con los dos en la pequeña oficina conmigo, de repente me sentí sola. Más sola que nunca en mi vida.

Me querían. Querían estar conmigo, y yo lo había arruinado.

—Sí, yo... lo sabía desde antes de venir. Miré un calendario de coches en la pared y luego me obligué a mirar los ojos enojados de Mac—. No creí que mi fuente mintiera cuando me contó de tu arresto. Le creí. Pero sabía que había una razón detrás de la verdad, que había algo más en la historia. Ahora es obvio que me lo dijo a propósito para separarnos, que es lo que está pasando ahora. En cuanto a mi piso, jamás pensé que habías sido tú.

Los ojos se me llenaron de lágrimas y parpadeé. Yo no lloraba. No tenía nada por qué llorar. Estaba acostumbrada a apagar mis emociones. Desde muy temprana edad había reconocido que ilusionarme con el afecto de los demás solo me haría daño, así que dejé de hacerlo. En el trabajo no podía involucrarme. Nadie quería tener un médico débil.

Pero esto era tan diferente. Hardin y Mac habían cruzado los muros que yo había levantado. Los derribaron y ahora mi corazón estaba siento atacado.

—Vine porque fue el primer lugar en el que pensé. El único lugar. Debí haber ido a la policía, pero no lo pensé. Pensé en ti y en Hardin, en que el taller era seguro, en que vosotros estaríais aquí —resoplé, secándome las lágrimas.

—No nos contaste del asalto —dijo Hardin—. ¿Pensabas hacerlo?

—Vine aquí por instinto a pesar de que estoy acostumbrada a resolverlo todo sola. No pensé que fuera problema de vosotros. ¿Quién querría a una mujer necesitada? —Me encogí de hombros—. Además, me imaginé que pensaríais que estaba loca.

—Alguien te rompió una llanta —dijo Mac—. No estás loca.

—Joder, que no —concordó Hardin—. No te diste cuenta antes, pero que vinieras aquí significa que, en el fondo, confías en nosotros.

Estuve de acuerdo.

—No habría venido si no confiara en vosotros. Tampoco os habría dado mi cuerpo. —Me lamí los labios—. Mi intención no era herir vuestros sentimientos. Soy... nueva en esto. No solo en el sexo, sino en las relaciones interpersonales. Ya me han lastimado. Desconfío de los hombres por las falsas intenciones...

—No tenemos ninguna intención falsa en lo que a ti respecta —dijo Mac con firmeza—. ¿No lo sentiste cuando te follé en ese sofá?

Asentí con la cabeza y me subí las gafas.

—Sí. Solo quería olvidar lo que ocurre en mi vida por un rato, y sabía que vosotros podíais hacerlo. Me sentía... me siento segura cuando estoy con vosotros dos. Debí habéroslo dicho. No debí desviar el problema de mí sacando tu pasado. Siento haberlo arruinado.

Un nudo doloroso se me formó en la garganta. Iba a llorar y con ganas. Pero no quería hacerlo aquí, no delante de ellos.

Me agaché y cogí el resto de mi ropa sin mirar a ninguno de los dos. No podía. Lo había estropeado. Tenía a dos hombres interesados en mí. ¡A dos! Se habían acostado conmigo porque me deseaban. Nunca esperé que mi primera vez fuera así. Aunque no fue en una cama. Y no quería tenerla. Estuvieron perfectos, fueron pacientes, amables, o al menos todo lo que podían teniendo en cuenta sus tamaños.

Y yo fui una mezquina malagradecida. Me iría a casa, llamaría a un cerrajero y cambiaría las cerraduras. Luego me metería en la cama, me arroparía con una manta e intentaría olvidarme de ellos. Iba a ser imposible con el coño dolorido que me recordaba todo lo que habíamos hecho juntos. Había estado sola toda mi vida, pero en dos días Hardin y Mac me habían hecho sentir. Me habían hecho ver todo lo que podía tener. Y lo arruiné. Lo superaría eventualmente. Quienquiera que estuviera fastidiándome, bueno, no podría hacerme más daño del que sentía ahora.

Me puse de pie y en voz baja dije:

—Me marcho.

10

Hardin

Mac se había pasado de la raya. No lo culpaba, pero lo único que hizo Sam fue preguntarle si lo habían arrestado por vender drogas. Le preguntó, no lo acusó, y estaba dispuesta a escucharlo.

Era nueva en Cutthroat. No conocía los detalles de la vida de todos. Los pueblos pequeños eran como un microscopio; todo se magnificaba. No iba contándole a la gente del puñetero lío de las drogas y la enfermedad de su madre, pero tampoco lo evitaba. Ahora conocía el secreto no tan secreto de Mac.

Su reacción demostraba lo mucho que le gustaba Sam. Nunca lo había visto así con nadie. Si se le presentaba un gilipollas en un bar, hacía caso omiso. Los ancianos que recordaban lo ocurrido todavía lo miraban con lástima. A él no le importaba una mierda. Pero ¿con Sam? Le importaba mucho lo que ella pensara. Quería gustarle por lo que era, que supiera lo que le motivaba. Y todo eso era completamente aislado de lo que acabábamos de hacer en el sofá.

Sin duda, Sam veía al verdadero Mac ahora.

Gracias a Dios que no era una mujer estirada que lo despreciaría por lo que había hecho. Algunas mujeres lo habían hecho, y ni siquiera recordábamos sus nombres. Era un grandísimo alivio.

Sam lo entendía porque era muy lista. Ya entendía por qué había tenido una infancia difícil. Sus padres estaban vivos, pero no eran parte de su vida. Estaba sola. Joder, al igual que yo; un introvertido que prefería leer un libro que salir por un trago. Pero nunca me había sentido solo. Mis padres eran buenos y mi hermano era uno de mis mejores amigos.

Conocía la verdadera amistad. Sabía lo que era tener una verdadera familia. Sabía que lo que habíamos hecho en ese sofá había sido mucho más que un polvo. Sam no lo sabía, pero lo entendería. Estaba pensando que la odiábamos y que lo había arruinado.

Había momentos como este en los que su cerebro ganaba la batalla. Pensó que no querríamos saber sobre el asalto, que no querríamos asumir los problemas de una mujer. Pensaba demasiado. Y era que no estaba acostumbrada a que la ayudaran, a que estuvieran ahí para ella, así que tampoco lo esperaba de nosotros.

De niña estuvo sola. Sus padres no hicieron su trabajo; un ama de llaves sueca lo hizo por ellos. No fue a la escuela, por lo que no pudo jugar con otros niños. Luego fue a Harvard a los catorce años. Nada de ir de compras al centro comercial. Nada de pijamadas como las de toda adolescente. Nada de citas. Nada de bailes de graduación. Luego la facultad de medicina. Siempre sola.

¿Había tenido apoyo alguna vez? No me extrañaba que se cuestionara todo; era un mecanismo de defensa.

Pero ahora era nuestra y tenía que dejar de pensar tanto y tan solo sentir, como lo había hecho en aquel sofá... lo cual fue impresionante.

Había venido al taller porque se sentía segura aquí, sentía que podía confiar en nosotros, al menos de forma inconsciente. Cuando lo pensaba todo demasiado era cuando se saboteaba y nos llevaba a donde estábamos ahora. Teníamos que enseñarle a seguir esos sentimientos y su instinto, y eso significaba compartir todo con nosotros.

Lo bueno y lo malo.

Verla recoger su ropa del suelo para marcharse fue lo más triste que había visto en mi vida.

Tenía la mano en el pomo de la puerta cuando Mac se acercó, le pasó el brazo por la cintura y la abrazó fuerte.

—No lo has arruinado, cariño —dijo Mac, acariciándole el cuello—. Joder, siento haberte presionado.

Ella sacudió la cabeza en su pecho y mantuvo la cabeza inclinada hacia abajo.

—La culpa es mía. Después de lo que pasó, por supuesto que pensaríais lo peor de mí.

—Estamos aquí por ti. En el fondo lo sabes.

Estaba muy tensa y preocupada, pero las palabras de Mac la tranquilizaron.

—Si hay algo que te asusta, nos lo dices o ese culo tuyo tendrá huellas de manos.

Ella jadeó al escuchar la amenaza, que no era en vano. Demasiado para estar relajada.

—Ya no estás sola.

Se giró en los brazos de Mac y le pasó los suyos a él por la cintura. Se aferró a él, puso la frente en su pecho y lloró.

Mac me miró por encima del hombro. Podía entender la

mirada y saber exactamente lo que significaba sin decir palabra.

Ella era nuestra, sin duda alguna. No había vuelta atrás. No la dejaríamos ir.

—Llamaré a Nix —dije, alcanzando el móvil del escritorio.

Era hora de involucrar a la policía. Aunque si ellos no podían encontrar al gilipollas, Mac y yo lo haríamos.

Ese hijo de puta iba a pagar.

Sam salió de su baño vestida con pantalones de yoga, calcetines gruesos y una sudadera vieja de Harvard. Se había tomado su tiempo en la ducha. No quise apresurarla. Le gustaba pensar y necesitaba un poco de tiempo para aclarar la mente. Habíamos conversado muchas cosas, y acababa de tener sexo por primera vez, con dos hombres.

Eso era bastante que procesar.

Había llorado en el pecho descubierto de Mac. Él la abrazó, le acarició la espalda y le susurró palabras mientras ella se desahogaba. Yo les di espacio. Solo la observé derrumbarse y le hice saber que estaríamos allí cuando lo necesitara.

Debía de estar agotada con el trabajo, la vida, haciéndolo todo sola. Su trabajo era estresante, literalmente de vida o muerte. Un hombre le había espichado una llanta y había entrado en su piso. Ella nos mostró las cosas que habían movido de lugar. Otra persona jamás lo habría entendido, pero las extravagancias no eran propias de ella. No la imaginaba poniendo una almohada de flores al revés.

Además, ahora nos tenía a nosotros.

Me senté a un lado de su cama a esperarla. La colcha

amarillo claro y las almohadas a juego parecían tan femeninas en contraposición a mi enorme cuerpo. La cama era pequeña. Tendría que dormir de un lado para caber, lo que significaba que no íbamos a dormir aquí. Se quedaría con nosotros en una de nuestras casas.

—¿Te sientes mejor? —le pregunté.

Ella asintió y se acercó a mí. Separé un poco más las rodillas y le puse una mano en la espalda. La halé para tenerla justo delante de mí. Como estaba sentado, estábamos a la misma altura.

—En este preciso lugar —murmuré, inhalando su aroma—. Es aquí donde te quiero.

Metí las manos debajo de su sudadera, las dejé descansando en su cintura y le rocé el vientre con los pulgares. Estaba tan caliente y tan suave. El aroma de su jabón y su champú olía exquisito. Juraría que a fresas.

—He mirado en el cajón de la cama.

Ella jadeó, miró hacia la mesita blanca con la lámpara encima y una biografía de Robert E. Lee. Parecía bastante inocente la mesa, pero el contenido que había dentro era como una colección de juguetes para adultos.

—Quiero jugar con ellos algún día —dije, haciendo referencia a los consoladores, vibradores y otras cosas divertidas. Se me había puesto dura al instante cuando vi las cosas con las que se masturbaba—. Por ahora me gusta mucho usar las manos contigo.

Para demostrarlo, le acaricié la piel y sentí cómo se le ponía la piel de gallina.

—No estoy acostumbrada a que me toquen y me acaricien —admitió.

—Acostúmbrate.

Aunque mi palabra fue directa, lo dije con tono de voz suave. Yo era grande. Muy grande, y por eso había aprendido a mantener la voz baja. No me gustaba gritar, y Sam era la última persona a la que deseaba asustar. Un tamaño grande más una voz estruendosa equivalía a algo malo, sobre todo después de la montaña rusa emocional en la que había estado.

—Hardin —dijo, a pesar de que éramos los únicos que estábamos en el dormitorio.

—¿Sí?

—¿Crees que esto sea... una locura?

—¿Qué?

Se mordió el labio inferior y me miró a través de sus gafas.

—Esto de nosotros. La verdad es que no os conozco, y después de lo que hicimos en vuestra oficina y que seáis tú y Mac los que me interesan y...

Le puse un dedo en los labios para silenciar sus dudas. Sus labios eran carnosos y suaves.

—¿Quieres estar con Mac y conmigo? —pregunté, estudiándola con atención.

Asintió.

—Buena respuesta después de lo que hicimos en el taller.

Eso la hizo sonreír.

—Eso es todo lo que importa —agregué, aliviado.

Habíamos aclarado las cosas en la oficina, pero no habíamos hablado mucho después de que llorara. Solo la habíamos llevado a su piso para esperar a Nix y a su compañero de la policía de Cutthroat. Habían llegado mientras se duchaba, y Mac estaba en la sala hablando con ellos.

Tenía a Sam frente a mí y no tenía prisa por salir. Podían esperar. Esto, que estuviéramos juntos, era demasiado importante.

—Solo un vistazo hizo falta, Sam —le dije directamente.

Los ojos se le abrieron de par en par ante esa admisión, y se sonrojó de forma muy bonita. Me juré a mí mismo que nunca me contendría con ella, que jamás reprimiría lo que sentía.

—¿Te sorprende?

—Sí —admitió con un suave suspiro.

—Una mirada a la polla de Mac en Urgencias y eso fue todo.

Se sonrojó y asintió.

—Nos has puesto a Mac y a mí en un territorio desconocido. Estar con una mujer es una cosa; estar con una mujer con la que queramos estar siempre es otra.

—Oh.

Parecía medio aliviada y medio petrificada.

Sonreí.

—Sí, oh.

—¿Así que queréis estar conmigo para siempre? —dijo casi chillando—. ¿En serio?

—No dejes que Mac te escuche cuestionarlo otra vez. Te va a quedar el culo rosado.

Se sonrojó, y ese color, ese hermoso rosado, sería el mismo tono que tendría su culo después de unos buenos azotes.

—No te asustes. —Acaricié un mechón de pelo húmedo de su hombro. No me había dado cuenta de lo largo que lo tenía. Las veces que habíamos estado juntos, lo tenía recogido—. Somos tan tuyos como tú eres nuestra.

—Mírate y luego mírame —murmuró—. No llevo maquillaje. Mi pelo es un desastre. No soy muy pretenciosa, pero todas las veces que me habéis visto, he estado con uniforme —dijo, y luego se miró—. O sudaderas.

Odiaba que se despreciara así.

—O con lencería sexi. O desnuda —añadí—. Si después

de lo que hicimos dudas de lo mucho que te deseamos, entonces no lo estábamos haciendo bien.

La acerqué para que pudiera sentir lo duro que estaba por ella.

—Me parece que definitivamente lo estabais haciendo bien —respondió.

—Respira, Sam. No tenemos que saberlo todo de inmediato.

Se lamió los labios y me miró.

—No estoy acostumbrada a sentir emociones. Son abrumadoras, confusas. Desafían la lógica. Nosotros desafiamos la lógica. Ha pasado todo tan rápido. Supongo que la comida en el bar podría considerarse como una cita por definición, pero me emborraché y...

Ese «y...» lo recordaba muy bien, cuando se tocó el coño. Nunca iba a olvidar el momento en que se corrió.

—Y luego te follamos bien duro y rico.

Volvió el rubor.

—Lo único que sé de ti es que eres mecánico.

—¿Qué quieres saber?

Se encogió de hombros y llevó los dedos a un botón de mi camisa de franela, uno de los únicos botones que quedaban después de que ella me la arrancara temprano. Intenté mantener la calma, pero el gesto inocente era una provocación, sobre todo porque sabía lo salvaje que se ponía.

—¿Tienes familia? ¿Cuál es tu color favorito? ¿Eres alérgico a algún alimento? ¿Cómo te gusta tomarte el café? ¿Te gusta madrugar? ¿Puedes...?

Me reí y la interrumpí.

—Mis padres viven en Cutthroat, aunque este año pasarán la mayor parte del invierno en Arizona. Tengo un hermano mayor, como te había dicho. Vive aquí y somos muy unidos. —Le pasé las manos por la espalda hasta que las yemas de mis dedos rozaron la parte inferior de su sujetador. Me encantaba sentirla. No me cansaba.

—Supongo que me gusta el azul, soy alérgico a los arándanos, aunque no me hará morir ni nada por el estilo, prefiero el café negro y definitivamente me gusta levantarme temprano.

—Eres como yo —comentó.

—¿Ah, sí? ¿Quieres decir que tú también me quieres besar?

Por un momento la confundí, puesto que estábamos hablando de lo que me gustaba y lo que no, no de besarnos. No podíamos follar. Quería acostarla en su cama, subirme encima de ella y besarla hasta el cansancio, pero no con la policía en la sala. Eso tendría que esperar. Pero no significaba que no pudiera tomar un minuto de ella solo para mí y besarla.

Me gustaban las mujeres pequeñas. Hacían un marcado contraste con mi gran tamaño. Me gustaba mimarlas y tocarlas con delicadeza como si fueran algo precioso. Sam podía valerse por sí misma. Era obscenamente inteligente, probablemente un genio, y tenía una sólida carrera por delante. Podía lidiar con presiones que yo no podía ni imaginar. De vida o muerte. No le quitaría eso, pero la ayudaría a encontrar al hijo de puta que la estaba fastidiando.

Así era yo, me gustaba proteger. A pesar de lo tranquilo que era, follaba duro. Tal vez era mi tamaño o mi necesidad de ella. En cuanto a Mac, aunque era el más salvaje de los dos, se comportaba de forma tranquila, lenta y metódica, como si quisiera saborear cada segundo que pasaba dentro de ella.

—Sí, yo también quiero besarte —susurró.

Joder, sí.

Le acaricié la cara y la inmovilicé mientras le rozaba los labios con los míos y profundicé el beso cuando inclinó la cabeza. Nos besamos como adolescentes, con calor y deseo. Nuestras lenguas se juntaron, nuestras manos vagaron. Casi se retorció en mi regazo cuando cobró vida para mí. Metí las manos debajo de su camisa, le rocé el vientre y ascendí para acariciarle los pechos. No sentí el delicado encaje que llevaba puesto antes, sino un suave algodón.

—¿Por qué quiero más tan pronto? —susurró mientras le besaba la mandíbula y encontraba ese dulce lugar detrás de su oreja que la hacía gemir—. El deseo biológico de procrear es intenso, pero no me había ocurrido hasta ahora.

—Es más que una necesidad biológica, cielo. Es porque está bien —murmuré, lamiendo ese lugar delicado.

Fui yo el que gruñó, el que estaba perdido en ella, por ella.

—Oídme. Nix y el otro detective han venido a hablar con Sam —dijo Mac al entrar en el dormitorio.

Asustó a Sam, la cual levantó la cabeza para mirarlo. Se puso tensa por la sorpresa, pero no se apartó de mis brazos.

—Joder, qué excitante —agregó, cerrando la puerta—. Mierda, se me ha puesto dura. ¿Cómo voy a salir así?

11

Hardin

Sam soltó una risita y yo amé ese sonido.

Tenía a una mujer dócil y dispuesta frente a mí, y las manos debajo de su sudadera tocándole las tetas. Me sentí como un adolescente que era atrapado besando a la chica por el padre. Esta vez no me sentía avergonzado, y no me importaba que Mac nos hubiera encontrado.

—¿Quién? —preguntó Sam.

Se subió las gafas por la nariz y me sorprendió que no estuvieran empañadas. Que no estuviese intentando quitarme las manos de sus tetas demostraba lo excitada que se había puesto.

—Dos detectives. Uno es amigo nuestro. Los llamé para que hicieran un informe sobre el asalto y la llanta.

Sentí que se tensaba bajo mis manos, así que las alejé. Mi polla también estaba dura, pero no la iba a enterrar dentro de ella hasta que hablara con los policías.

Mac le tendió la mano. Ella la tomó y salió a la sala. Los seguí poco después de tomarme un minuto para bajarme la polla, y luego me la acomodé para poder caminar bien.

Cuando me reuní con ellos, ya se habían presentado. Nix era unos años más joven que yo y que Mac. Había empezado como policía y ya había ascendido a detective. Él y Donovan Nash, el antiguo ayudante del fiscal, salían con Kit Lancaster.

—Te presento a Miranski, mi compañera —dijo Nix.

Le estreché la mano.

—Me llamo Hardin.

Tenía unos treinta años, era alta y llevaba el pelo oscuro recogido en una coleta. Llevaba unos vaqueros con botas de cuero y una chaqueta de lana negra con el logotipo del departamento de policía en el pecho.

—Hola —dijo a modo de saludo.

—A ver, Sam, cuéntanos qué ha pasado —dijo Nix.

Sam nos pidió a todos que nos sentáramos. Nix y Miranski —nadie había dicho su nombre de pila— se sentaron en un sofá. Mac, Sam y yo en el otro frente a ellos. Entre nosotros había una bonita mesita que nos separaba. El apartamento de Sam estaba decorado de forma sencilla, sin fotos ni otros toques personales. Me preguntaba si era un alquiler de un piso amueblado. Daba igual; no iba a vivir aquí mucho tiempo. Ni una noche más si Mac y yo lográbamos nuestro cometido.

Lo cual haríamos. Después de lo que habíamos hecho juntos, iba a estar en la cama entre nosotros.

—Alguien me espichó la llanta del coche ayer en el hospital. Hoy, cuando llegué a casa, encontré cosas fuera de su lugar.

Aunque había ido directo al grano, a los detectives les gustaban los detalles. Cuando se lo pidieron, explicó con más detalle. Miranski se levantó y, tras obtener el permiso de Sam, le echó un vistazo al apartamento.

—¿Tienes enemigos? —preguntó Nix—. ¿Un exnovio que no quisiera terminar las cosas?

Sam negó con la cabeza. Los celos me hicieron apretar los puños. No quería que otro hombre se atreviese a mirarla, y mucho menos que se acercara a ella. Sin embargo, yo había sido el primero, y eso me hizo suspirar por dentro de alivio y calmar mi rabia. Yo había abierto ese coño. Yo vi la mirada en su rostro cuando me metí en ella. Ese fue un regalo que apreciaría siempre. Que lo hubiese compartido con Mac lo hacía mucho mejor.

—Nada de novios. Soy médica. Supongo que podría ser un antiguo paciente, pero esos suelen demandar, no acechar.

Miranski volvió a tomar asiento. Nix la miró y ella lo relevó.

—Hemos estado investigando el asesinato de Erin Mills —comentó ella.

Sam asintió.

—Lo he leído en el periódico. Yo... yo operé a Dennis Seaborn, y los chismes sobre su participación han corrido por todo el pueblo.

Madre mía. Me pregunté si había hablado con Cy.

—Vale —dijo Miranski. Las palabras de Sam habían sorprendido a la detective—. Estamos un poco preocupados porque te pareces mucho a Erin: eres rubia, guapa, de edad similar.

Me levanté bruscamente y me pasé la mano por la barba.

—Joder. ¿Creen que el que la está acosando sea un asesino? ¿Que sea porque operó al padre de Cy?

Nix y Cy Seaborn tenían la misma edad. Me había

tomado unas cuantas cervezas con ellos en los últimos años. Cy era dueño del rancho Flying Z, y su padre admitió haber matado a Erin Mills. Resultó que había mentido al respecto y murió recientemente por complicaciones de un cáncer de páncreas. No entendía por qué se había entregado por algo que no había hecho, y no estaba seguro de que Cy supiera la razón. Si Nix y Miranski estaban al tanto, no nos lo estaban diciendo.

Conocía a Lucas Mills, pero no a su hermana Erin. Ella estaba más cerca de la edad de Sam que de la mía. Su foto estuvo en todos los medios de comunicación, y sabía que Miranski tenía razón, Erin y Sam tenían un gran parecido.

Mac se volvió hacia Sam.

—Dijiste que tenías problemas con un compañero de trabajo.

Ella frunció el ceño y se encogió de hombros.

—Sí, pero son problemas de Recursos Humanos.

—¿Como cuáles? —preguntó Nix.

Sam suspiró.

—Es un abusador. Intenta estar a solas conmigo. Dice que quiere hablar de mi desempeño laboral en una cena. Me he negado de forma educada, pero insiste. Ayer me amenazó con el trabajo. Me tocó. Me acorraló cuando estaba en mi casillero en la sala de médicos. Estaba, pues, excitado.

¿Qué cojones?

—¿Eso es lo que te tenía molesta cuando nos viste en el aparcamiento?

Ella asintió.

—¿En serio? Eso es acoso sexual —le dije. ¿Por qué los tíos tenían que ser tan gilipollas?—. ¿Lo denunciaste con Recursos Humanos?

—Sí, varias veces, pero dicen que no ha hecho nada malo.

—Acorralarte con la polla está muy, muy mal —repetí.

Ella se me quedó mirando con los ojos abiertos de par en par, luego miró a los detectives.

—No ha podido hacer esto —dijo ella.

—¿Por qué no? —preguntó Miranski.

—Porque, como os dije ayer, estuvo conmigo en el quirófano la mayor parte del día. Podría haber salido a pincharme la llanta, pero lo habrían visto. La gente lo conoce.

—¿Y hoy? ¿Ha podido entrar? —preguntó Miranski, señalando el apartamento de Sam con el dedo.

—Todo estaba bien cuando salí de mi apartamento esta mañana. Él estaba en el hospital en ese momento... Lo sé porque se acercó a mí justo al entrar.

—¿Fue él quien te habló de mi pasado? —preguntó Mac, inclinándose hacia delante y apoyando los antebrazos en los muslos.

Se sonrojó cuando miró rápidamente a los detectives.

—Él nos vio... eh, darnos un beso de despedida cuando me dejaste. Creo que lo hizo porque estaba enfadado por eso.

Ni siquiera parpadearon con lo que dijo. Estaba segurísimo de que habían oído cosas más racistas que un beso.

—Vaya gilipollas —murmuró Mac.

—Estuve con él la mayor parte del día haciendo cirugías consecutivas —continuó ella—. Me fui antes que él porque un paciente de la UCI tuvo que volver a ser operado de urgencia y él era el adjunto. Es imposible que haya llegado aquí, haya entrado a desordenar las cosas y luego haya vuelto al trabajo.

—¿Lo has visto fuera del hospital? —preguntó Nix.

Ella negó con la cabeza.

—No. Nunca me lo he encontrado en la tienda ni nada, y

definitivamente nunca lo he invitado a venir aquí. Que yo sepa, no sabe dónde vivo.

Miranski tomó notas en una libreta mientras Sam hablaba.

—No he hecho nada para incitarlo. Es que, miradme. Hay otras mujeres en el hospital que son más atractivas, más de su edad, a las que les encantaría salir con un médico. Yo creo que soy una conquista para él —admitió ella, mirándose las manos.

No puede ser.

—He escuchado a otras mujeres del personal decir que hace exámenes físicos, y no me refiero al de los pacientes. Siempre lo rechazo, y no creo que le guste que le digan que no.

—¿Has salido con alguien más del hospital? —preguntó Miranski—. Tal vez piense que tiene una oportunidad si has salido con otros.

Sam miró a la detective.

—No. Nadie me ha invitado a salir, y bueno, no hay nadie que me interese. Ni siquiera he salido a divertirme con otras mujeres del trabajo. La verdad es que... no soy muy social.

—¿Sales con Mac entonces? —preguntó Nix.

La cara de Sam se encendió y se relamió los labios.

—Y conmigo —dije.

Ella era nueva en todo esto, y se había metido en las grandes ligas. Comenzó a tener citas no solo con un hombre, sino con dos. No me avergonzaba. Joder, ambos seríamos necesarios para mantener a Sam satisfecha. Una vez que descubriera el estar con dos pollas, iba a ser insaciable, sobre todo porque tenía mucho que hacer para ponerse al día.

Nix no juzgaría; él y Donovan tenían una relación con

Kit. Sabía cómo era. No conocía el historial de citas de Miranski, pero si era compañera de Nix, sin duda conocía su vida amorosa.

El móvil de Sam sonó, y ella se levantó y fue a cogerlo en la encimera de la cocina.

—Perdonadme. Estoy de guardia y debo contestar.

Contestó, habló con alguien durante menos de treinta segundos y luego colgó el teléfono.

—Tengo que irme —dijo, cogiendo sus botas junto a la puerta y llevándolas al sofá para ponérselas—. Hubo un accidente de varios coches en la autopista, probablemente haya una ruptura de bazo. Si es así, tengo que operar.

Mac se puso en pie.

—Te acompaño a tu coche.

—Siento la premura, pero tengo que estar en el hospital en menos de diez minutos tras recibir la llamada.

Sí, salvar una vida era algo que íbamos a escuchar siempre.

Todos nos pusimos de pie. Me acerqué a ella y le di un beso. No era el mejor momento para una emergencia cuando su vida era un desastre. Sin embargo, ahora no estaba sola.

—Ve. Nosotros cerramos.

Ella asintió y se fue con Mac.

—Sam está prohibida —les dije a Nix y Miranski mientras daba la vuelta y apagaba las luces—. Ese cretino va a tener que acostumbrarse a la idea de que no tiene oportunidad. Tendrá que pasar por encima de Mac y de mí.

No significaba no, y yo odiaba a los imbéciles que no escuchaban. Este parecía ser un gilipollas insoportable. Como no dejara en paz a Sam, se enfrentaría con Mac y conmigo.

—¿Cómo se llama este tipo? —preguntó Miranski.

Salí del dormitorio de Sam y me detuve.

—Mierda, no lo sé.

Salimos del apartamento y me aseguré de que la puerta estuviese bien cerrada. Nos reunimos con Mac en la acera, donde el viento frío me daba en la nuca.

—¿Te h dicho cómo se llama ese cretino? —le pregunté a él.

—No.

Me saqué el móvil del bolsillo y la llamé.

—Hola, cielo. ¿Cómo se llama el tío del trabajo que te está fastidiando?

—Hola. Eh... El doctor Mark Knowles —dijo ella.

Me aparté el móvil de la oreja y me le quedé mirando por un segundo.

—¿Hardin?

Pude escuchar su voz en el otro lado del teléfono y recapitulé.

—Sí —espeté, y miré la acera.

Joder. Sentía como si me hubiesen dado una patada en las tripas con un tacón de aguja.

—¿Qué pasa? —preguntó ella—. ¿Lo conoces?

Miré a Mac, que estaba esperando la respuesta.

—Sí. Sí que lo conozco.

Nix y Miranski me miraron.

—Es mi hermano.

12

Mac

—¿Crees que sea verdad? —preguntó Hardin cuando bajamos de su camioneta en el aparcamiento de la cafetería.

Después de que nos fuimos del piso de Sam, volvimos al taller a trabajar pero no hablamos mucho. A mi mejor amigo le gustaba pensar y yo sabía cuándo no debía hablar. En todo caso, no sabía ni qué decir. Estaba encerrado en mis malditos pensamientos. Acompañé a Sam hasta su coche y le di un beso de despedida, pero ella no solo tenía prisa por llegar al hospital, sino que estaba estresada por todo lo conversado con los detectives. Entonces no sabía que Hardin y el hombre que la acosaba estaban relacionados, y ahora que lo sabía... no podía estar con nosotros para hablarlo. Tenía que ir a suturar un bazo roto.

Estábamos metidos en un lío inmenso del que no sabía cómo salir. No podía creer que fuera Mark el que la acosaba. Era mujeriego, pero él estaba a favor del consentimiento. O eso creía yo. Le creía a Sam, pero conocía a Mark de toda la vida. Él fue a estudiar en la universidad cuando Hardin y yo estábamos en la primaria, y ahora habían retomado el contacto y a compartir junto después de que Hardin terminara la universidad y volviera a vivir en Cutthroat. Había sido una década de tiempo para conocer a alguien. O al menos creíamos conocerlo.

O creíamos que conocíamos a Sam.

Dios mío.

—No tengo ni puta idea —respondí, pasándome una mano por la nuca de camino a la entrada de la cafetería.

Hardin sabía que Mark estaría en la cafetería a las tres, supuestamente para intentar ligar con la camarera que vieron esta mañana en el desayuno. Hardin no era partidario de enviar mensajes de texto, y tratándose de este lío quería conversar con su hermano cara a cara.

Esto era una patada en las tripas porque estaba en un callejón sin salida. O Mark era un cretino o la mujer de la que nos estábamos enamorando era una mentirosa. En cualquiera de los dos casos estábamos jodidos.

Nunca había visto a Hardin tan consternado. El hombre que estaba molestando a nuestra mujer era Mark, su condenado hermano. Intenté relacionar al tío relajado con el que tomábamos cervezas y al abusador que describió Sam.

Era difícil de creer. Mark era mujeriego, sin duda, pero ¿era un hijo de puta machista que se pasaba de la raya? ¿Por qué iba a mentir Sam? No sabía nada de los hombres, eso era evidente, y que le hablaran de forma inapropiada, joder, que la tocaran de forma inapropiada, eso la habría asustado. Pero los de Recursos Humanos no creyeron sus acusaciones, así que o bien las convertía en exageraciones o los de Recursos Humanos del hospital eran una mierda. Llevaba sola toda su vida, y si ellos ignoraban las denuncias legítimas, entonces debía sentirse aún más aislada.

Se enteró de mi estadía en el reformatorio por el hombre que la molestaba, es decir, por medio de Mark. Él sabía todo eso. Ella comentó que él nos vio besándonos cuando la dejé esta mañana y que había sacado a relucir mi pasado para separarnos. ¿Significaba que Mark nos había saboteado a mí y a Sam porque la quería para él?

Para empeorar aún más la situación, Nix señaló que Sam se parecía mucho a Erin Mills. ¿Será que a Mark le gustaban las rubias? ¿Se había involucrado con Erin y se le había salido de las manos?

La idea de que Mark acosara sexualmente a mujeres ya era bastante mala, pero que Nix hiciera la conexión con un asesinato... joder.

Y eso ni siquiera cubría lo sucedido con la llanta o con el asalto. ¿Era eso también responsabilidad de Mark?

La cabeza me daba vueltas. ¿A quién creer, a la mujer que queríamos o a la familia? Sam había dado su versión, así que ahora a Mark le correspondía dar la suya.

Nix y Miranski querían hablar con Mark, pero Hardin planeaba encontrárselo primero. Abrimos la puerta de la cafetería y miramos a un lado y al otro por la larga hilera de taburetes.

Allí estaba, en la esquina del fondo. Tal y como Hardin esperaba, había una mujer, rubia, sentada frente a él y de espaldas a nosotros.

Seguí a Hardin. Mark sonrió cuando nos vio.

Se puso en pie, le dio a Hardin un abrazo de hombre y una palmada en el hombro.

—¿Dos veces en un día? Acompáñanos. Te acuerdas de Sarah, ¿verdad?

Mark volvió a sentarse en el taburete pero en lugar de

sentarse frente a Sarah, se sentó a su lado, obligándola a hacerse a un lado.

Hardin ocupó el que había sido lugar de Mac, y yo cogí una silla de una mesa vacía cercana y la giré.

—Acabo de enterarme de que conoces a una amiga nuestra —dijo Hardin.

—¿Ah, sí? —Colocó un brazo a lo largo del respaldo del taburete y le rozó el cuello a Sarah con los dedos—. ¿A quién?

A Samantha Smyth.

Su sonrisa se desvaneció un poco, pero reconocía que era tan frío como un pepino.

—Excelente doctora.

—¿De verdad? —preguntó Hardin, inclinándose hacia delante para apoyar los brazos sobre la mesa. Apartó la taza de café de Mark—. Dijo que había asuntos de su desempeño que querías discutir en una cena.

Sarah de repente parecía incómoda.

—Estoy seguro de que se ha equivocado —respondió Mark.

Eso me dio la respuesta. Joder. Mark era un mentiroso. Hizo todo lo que había dicho Sam.

Hardin continuó.

—¿Así que aquello era solo un estetoscopio cuando te le insinuaste?

Sarah se retorció y apartó la mano de Mark.

—Creo que... tengo que irme.

Mark la miró y suspiró, pero se levantó del taburete para dejarla salir. Ella se alejó corriendo sin decir otra palabra y sin mirar atrás. La mujer, en lo que a mí respecta, había tenido suerte.

Mark se sentó de nuevo y nos dedicó su sonrisa patentada.

—Sois unos verdaderos aguafiestas.

—Te gustan las rubias —comentó Hardin, levantando la barbilla en sentido donde se había marchado Sarah.

Se encogió de hombros.

—Todos tenemos gusto por algo.

Sí, el mío era un genio curvilíneo con gafas al que le gustaba la lencería y los juguetes sexis.

—¿Le has contado a Sam mi pasado porque quieres tenerla? —pregunté.

Hardin permaneció callado, mirando fijamente a Mark.

Una camarera, que no era Sarah, se acercó.

—¿Os traigo el menú o café? —preguntó.

La miré y sonreí.

—No, gracias. No nos quedaremos mucho tiempo.

Asintió con la cabeza y se marchó.

Mark iba vestido como si perteneciera al Cutthroat Country Club; pantalones impolutos, camisa de vestir y un jersey. Con tan solo una franela, Hardin parecía que venía de cortar árboles en el bosque. Yo llevaba unos vaqueros y una camiseta negra. Definitivamente el chico malo del grupo. Pero yo no les faltaba el respeto a las mujeres.

—La doctora Smyth es una mujer impresionante —comenzó a decir Mark—. ¿Sabíais que terminó la carrera de medicina a los veintidós años? Necesita que la guíen, que alguien le enseñe el camino.

—¿Y ese eres tú? —dije.

Se encogió de hombros.

—No ha dicho que sí. Por ahora.

Hardin se puso de pie y miró a Mark. Yo me puse de pie lentamente, siguiendo su ejemplo. Claramente había conseguido toda la información que necesitaba.

—Sam es intocable —dijo con voz firme.

Mark lo miró a él y a mí.

—¿Mac tiene lengua para hablar?

—No es solo de Mac; también es mía.

Mark hizo una pausa y se le quedó mirando. Para ser médico, tardó en darse cuenta.

—Espera —dijo finalmente—. Estás de coña. Los dos os la estáis follando —dijo riéndose—. La hacía una virgen frígida que necesitaba adiestramiento. ¡Cómo no me he dado cuenta!

Estaba listo para darle de hostias en la cara. Me importaba una mierda que estuviéramos en la cafetería. Si yo me sentía así, apenas podía imaginar lo cabreado que estaba Hardin. Le agarré la camisa y lo aparté de la mesa antes de que hiciera o dijera algo de lo que pudiera arrepentirse.

13

Sam

No tuve mucho tiempo para pensar en que el doctor Knowles —el hombre que había estado haciendo de mi vida laboral un infierno— y Hardin eran hermanos. ¡Hermanos! No se parecían en nada, ni se comportaban de la misma manera. Mark Knowles era un baboso; Hardin Knowles era tranquilo y generoso, protector, salvaje en la cama, o más bien en el sofá. A uno lo odiaba, del otro me estaba enamorando rápidamente. Debían de llevarse unos diez años de diferencia en edad.

Mi mente pensó en el azar que era la genética, el hecho de que sus padres no podían tener ojos verdes y azules porque era imposible que tuvieran un hijo de ojos marrones como Mark.

Estúpido cerebro. ¡Concéntrate!

Temprano Hardin mencionó que tenía un hermano, que eran muy cercanos. Evidentemente, no había pensado que tal vez Mark y yo pudiéramos conocernos o que incluso trabajáramos juntos.

Me detuve en el lavabo fuera del quirófano y me restregué las uñas con jabón para prepararme para la cirugía. ¿Me había creído Hardin? ¿O pensaba que me estaba inventando cosas sobre su hermano? Los de Recursos Humanos no me creyeron, así que quizá me equivocaba con el doctor Knowles. ¿Ahora Hardin me odiaba? Había dicho un par de cosas poco agradables sobre su familia.

¿O Hardin sabía lo de su hermano y no le importaba? ¿Aprobaba ese tipo de intenciones? No me lo parecía, pero ¿qué sabía yo? Me había acostado con dos hombres un día después de conocerlos. No los conocía lo suficiente como para saber si eran imbéciles. Pero se suponía que debía seguir mi instinto, no pensar tanto, y mi instinto me decía que eran buenos. Pero si hay más de trescientos tipos diferentes de bacterias en el intestino así que...

Maldito sea mi cerebro. ¡Que parase ya! Sacudí la cabeza y me restregué un poco más.

A través del cristal que separaba la sala de preparación del quirófano, el anestesista asintió con la cabeza, haciéndome saber que el paciente estaba anestesiado y listo.

Al abrir la puerta del quirófano con la espalda y entrar, saqué de mi cabeza los pensamientos sobre hombres y bacterias intestinales. Lo último de lo que me di cuenta antes de centrarme en el paciente fue que había tenido sexo con un hombre sin saber su apellido. No estaba segura de si era una idiota o una completa zorra.

Tres horas más tarde, el paciente estaba en recuperación y estable. Yo estaba envuelta en capas de abrigos y caminaba hacia mi coche, exhausta y lista para ir a la cama. No me apetecía volver a mi piso, no después de que alguien entrara, pero no tenía noticias de Mac ni de Hardin. No sabían cuánto tiempo tomaba realizar una esplenectomía, o al menos no lo creía, y no me sorprendía.

Quería llamarlos y preguntarles si podía quedarme con uno de ellos, pero ¿qué diría Hardin? ¿Cómo se sentiría con la bomba que le había soltado? ¿Sería que me odiaba? ¿Me creía?

Por suerte no había visto al doctor Knowles y había podido evitar esa confrontación. Pero a diferencia de Hardin, no me estaba acostando con el doctor Knowles. Gracias a Dios. ¿Cuáles eran las reglas cuando se tenían citas? Mierda, Hardin y yo no estábamos saliendo.

Follar no era salir. Era un polvo. No una aventura de una noche. ¿Tal vez una aventura? Había leído la serie de libros históricos, *Las Sagas de los islandeses*, y todavía no comprendía el concepto hombre y mujer. O hombre, mujer y hombre. Hardin me dijo que quería sacar los juguetes sexuales de mi cajón y usarlos conmigo, pero eso fue antes de saber que la persona que me causaba problemas era su hermano. ¿Había cambiado de opinión? Se había metido en medio de mi asunto sin siquiera saberlo. Y Mac... era el mejor amigo de Hardin. ¿Estaría de su lado?

Gruñí en voz alta, frustrada. ¿Todas las mujeres trataban de entender a los hombres o era yo? ¿Cómo podía ser tan inteligente y tan tonta cuando se trataba del sexo opuesto? ¿Por qué me confundían tanto? ¿Por qué no sabía qué hacer?

Mientras abría la puerta de mi coche, el sonido de unas botas en la nieve me hizo volverme. Por un segundo pensé que podrían ser Hardin y Mac, pero no tuve la oportunidad de ver de quién se trataba. Lo único que vi fue un brazo que se acercaba a mi cabeza antes de que todo se ennegreciera.

———

HARDIN

—¿Sam Smyth está contigo? —preguntó Nix.

Estábamos en el taller, pero no habíamos hecho nada desde el encuentro con Mark en la cafetería. No podía ni cambiar el aceite de un viejo Chevy cuando acababa de descubrir el capullo doble cara que era mi hermano.

—No. Está operando en quirófano —dije, apoyando el mango de la fregona en la pared. Hacía meses que había que fregar el suelo de hormigón, y me hacía bien hacer algo sin sentido. El aroma del limpiador de naranja cubría el habitual olor a aceite y grasa que reinaba en el lugar.

—Creo que tenemos un problema —dijo.

Me congelé.

—¿Qué coño quieres decir? —bramé al teléfono.

Mac salió del despacho con los ojos abiertos de par en par.

—Ha llamado la seguridad del hospital. Parece que el coche de Sam está en el aparcamiento, con la puerta abierta y las llaves en el suelo.

—Hostia puta.

Mac se acercó.

—¿Qué?

—Sam está desaparecida.

Mac me arrebató el teléfono de la mano y pulsó el botón del altavoz.

—Habla Mac. ¿Qué ocurre?

—Alguien se llevó a Sam. El coche está en el aparcamiento del hospital. La puerta está abierta y Sam no está —repitió—. Seguridad miró las imágenes de las cámaras exteriores. La vieron saliendo a las tres y media caminando hacia su coche. No había nadie con ella. Nadie la siguió. Su coche estaba en el extremo posterior del campo de visión de la cámara, y aparece alguien en pocos segundos y se va con ella.

—¿Va por voluntad propia? —espeté.

—Es difícil saberlo. Está borroso por la distancia. No hay forma de identificar a la persona. No sabes si es hombre o mujer debido a la gruesa ropa de invierno y a los colores oscuros. ¿Os ha llamado? ¿Dijo que se iba con alguien?

—No —dijimos Mac y yo al mismo tiempo.

—Dijiste que se parecía a Erin Mills. ¿Crees que…? —Me pasé la mano por los labios, incapaz de terminar la oración.

Un asesino seguía suelto en Cutthroat, y Sam parecía la víctima.

—Tengo que preguntar —dijo Nix. De fondo alcancé a oír teléfonos sonando, gente hablando, y supuse que estaba en la comisaría—. Supongo que has hablado con tu hermano.

—Así es.

—¿Y? —Esperó.

Quería saber si creía que él podría ser quien se había llevado a Sam. Que podría habérsela llevado porque, de alguna manera, era un acosador loco que le había cortado la llanta, había entrado a su piso y que ahora la había secuestrado. Que quizá podría tener un fetiche con matar a rubias jóvenes como ella

—Dijiste tres y trece. Estábamos con él en Dolly's Diner a esa hora —le dije—. Había muchos testigos.

—¿Estáis seguros?

—¿De haberlo visto en el restaurante? Estaba con una camarera llamada Sarah cuando llegamos.

—Una rubia —añadió Mac, mirándome.

Asentí con la cabeza, comprendiendo el maldito patrón.

—Una camarera diferente fue a tomar nuestro pedido. Fue visto allí.

—Entonces no es él —dijo Nix.

—Es él —le dije. Quizá era él el detective y los hechos no coincidían, sobre todo porque Mac y yo éramos su coartada—. No sé cómo, pero es él.

—No puedes estar seguro de eso —contestó Nix.

—No, pero acabo de enterarme de que mi hermano es un completo gilipollas. Una cosa es ser mujeriego, pero ¿lo que hizo con Sam? Lo negó. Mintió.

Mac puso una cara lúgubre.

—Sí, fue él.

No habíamos hablado del tema, pero me alegró saber que también vio las verdaderas intenciones de mi hermano cuando estábamos en la cafetería.

—Vale, la tiene él. Pero ¿cómo lo ha hecho si estaba con vosotros?

Me miré las uñas, las manchas negras del trabajo del taller que había debajo y que no desaparecían por mucho que lo intentara.

—Nix, a diferencia de mí, a mi hermano no le gusta ensuciarse las manos.

—Eso significa que alguien lo ayudó —contestó, completando los espacios en blanco.

—Entonces, ¿dónde coño está? —preguntó Mac, frotándose la nuca con la mano.

Nuestra chica estaba secuestrada. Jamás pensé que mi hermano pudiera hacer algo así, lo cual significaba que ella corría más peligro del que jamás hubiera imaginado.

14

—¡Ayuda! —grité, retorciéndome para tratar de liberarme.

La cuerda de mis muñecas estaba apretada y envuelta en la cabecera de latón. Tenía un pie igualmente amarrado con la misma firmeza, de modo que no podía hacer nada más que lacerarme la piel. Me dolía la cabeza por el golpe que recibí. Cuando desperté, hice un seguimiento de mi condición. Veía bien y no tenía náuseas. No había sangre en la almohada en la que me había secado. Estaba segura de que tenía un chichón. Un poco de ibuprofeno me ayudaría a aliviar el dolor. Por lo demás, no había sufrido ningún daño. No tenía el abrigo, las manoplas y el gorro, pero estaba completamente vestida.

Estaba en el dormitorio de alguien, de un hombre, de acuerdo con los colores beige y azul marino. La decoración era sencilla, pero los acabados eran agradables. La cama en la que me encontraba era suave, pues el edredón era de felpa. Las paredes estaban pintadas, los adornos eran de madera teñida. Había un ventanal con un banco con vista a las montañas. Sería un buen lugar para leer, sobre todo con la chimenea al lado, aunque no estaba encendida. Desde donde me encontraba no podía ver si había casas cerca. Había tres puertas fuera del dormitorio; una supuse que daba a un baño, otra a un armario y la última a un pasillo. Solo podía oler cera de limón, como si acabaran de limpiar. No olía a comida ni a café. Y era silencioso. Demasiado silencioso.

Volví a gritar. Esta vez alguien entró en el dormitorio.

—Dios santo —susurré.

—Esto pudo haber sido muy diferente —dijo el doctor Knowles. Mark, el hermano de Hardin. Soltó los botones de los puños de su camisa de vestir y se la arremangó.

—Esto es una locura. Tienes que dejarme ir. Te prometo que no se lo diré a nadie. —Tiré de las sogas. Ahora sabía por qué no cedían; los cirujanos eran muy hábiles con los nudos.

Me sonrió, pero no fue una sonrisa cálida.

—¿Así como no se lo dijiste a Recursos Humanos?

Me mordí el labio.

—No te preocupes, tus informes a Recursos Humanos están a salvo con Marion. Ella te guarda el secreto.

Pensé en la señora de Recursos Humanos y en la poca importancia que le dieron a mi reporte. Mark se acercó y yo intenté apartarme, pero no pude ir a ninguna parte.

—Es rubia —dije, tratando de mantener la calma. Estaba acostumbrada a las situaciones de pánico. Cuando tenía que lidiar con ellas, tenía el control. Este no era uno de esos casos.

—Lo es. Al igual que tú.

Ahora era obvio que se había acostado con la señora de

Recursos Humanos, la tenía bajo su hechizo de alguna manera. Ella había estado ignorando todas mis quejas sobre Mark porque él se lo había pedido. ¿Estaba enamorada de él o la obligaba a hacerlo?

Me recorrió de pies a cabeza con la mirada. No se parecía en nada a como lo hacían Hardin y Mac, y me sentí sucia. Estaba completamente cubierta, pero me sentía desnuda, expuesta.

—También lo era Erin Mills —dije, lamiéndome los labios, que tenía secos.

El corazón se me iba a salir del pecho y traté de ralentizar la respiración, pero estaba demasiado asustada. No tenía ningún arma en la mano, ni pistola ni cuchillo, pero recordé haber escuchado en las noticias que Erin había muerto por un traumatismo cerrado. Me habían golpeado en la cabeza, pero claramente Mark me quería viva.

¿Para qué? ¿Para matarme?

Se acercó a la cuerda que amarraba mi tobillo al estribo.

—No debiste rechazarme, Samantha. Ninguna mujer me rechaza.

—Pues sí. Y sigo diciendo que no.

—Y mira a dónde te ha llevado. —Levantó la mirada de la cuerda y me atravesó con sus ojos oscuros. Vi ira allí y una calma espeluznante. También locura—. Vamos a divertirnos. O, al menos, yo sí que me divertiré.

—Van a encontrarme —dije rápidamente, intentando apartarme de él, pero todavía tenía el tobillo amarrado. Hablé como si creyera mis palabras, pero no podía estar segura de que Mac y Hardin me quisieran. Hardin no sabía que Mark era el hombre del que hablaba. Engañó a Hardin... y a Mac. Me había engañado para que pensara que era solo un compañero de trabajo de manos largas. ¿A quién le creyeron? ¿Creían que era una mentirosa que intentaba crear problemas en el trabajo para que despidieran a su hermano? Después de tener sexo los cuestioné.

¿Era demasiado complicada para ellos? Quería disculparme, pero no había nada que lamentar. Estaba atada a una cama con Mark Knowles listo para violarme y posiblemente matarme.

Estaba en lo correcto. Solo tenía que esperar que Mac y Hardin lo vieran. Y que por favor me encontraran.

—Me equivoqué contigo, Sam. Que te tiraras a dos hombres no es lo que esperaba de ti. Pensé que eras virgen. Juraba que lo eras.

Me estudió mientras yo permanecía callada. No le iba a contar nada de lo que había hecho con Hardin y Mac. No le iba a decir que tenía la razón, que no me habían tocado, que si le hubiera dicho que sí hacía meses, como él quiso, yo estaría libre. No me parecía que decirle a Mark que Hardin había conseguido lo que él quería fuese a ponerle muy feliz.

Se encogió de hombros.

—Virgen, puta, me da igual. Ahora me divierto de otra manera.

MAC

Nix no tuvo que tumbar la puerta de la casa de Mark puesto que Hardin tenía una llave. Luego de abrir la puerta, tres agentes de policía, junto con Nix y Miranski, entraron a la casa. Hardin y yo íbamos detrás de ellos, pero a los pocos segundos ya habían desalojado el lugar. No había nadie.

Sam no estaba allí. No había rastro de ella.

Hardin cerró la puerta del garaje de golpe.

—No está su coche.

Todos se reunieron en la sala. La casa estaba ubicada en las afueras del pueblo, situada en dos acres con vistas a las montañas. Era absurdamente grande para un hombre soltero, pero a Mark le gustaban las cosas buenas; tenía una casa grande, un coche elegante y un estilo de vida sofisticado. Me importaba una mierda si llevaba la ropa a la tintorería o no. Era un buen tipo.

Lo era. Menuda mentira había resultado ser.

Joder, pudo haber matado a Erin Mills. Qué manera de llevar una doble vida. Mientras comíamos pizza, bebíamos cervezas y veíamos fútbol con él, pudo estar guardando el secreto de haber matado a una mujer.

Erin Mills, sin embargo, estaba muerta. Nadie podía ayudarla. Sam estaba viva, y teníamos que encontrarla antes de que el psicópata hermano de Hardin le hiciera daño a ella también.

—¿Hablaste con él? —le preguntó Miranski a Hardin.

Hardin miró a su alrededor, como si Sam pudiera estar escondida en un armario de la cocina o detrás del sofá.

—Dos veces y no me contestó.

—Pero es posible, ¿no? Mark no podría responder las llamadas si estuviese en quirófano —afirmó.

—¿Llamasteis al hospital? —pregunté—. ¿Está operando en este momento?

—Dijeron que se fue a las dos. No ha vuelto ni lo han llamado —dijo Nix.

La hora cuadraba con su visita a la cafetería.

—Tal vez no sea Mark quien esté detrás de esto y estemos perdiendo el tiempo —dijo Miranski.

—Es él —afirmó Hardin. No tenía ninguna duda y yo tampoco—. Quiere a Sam. Ella lo rechazó y eso a él no le gusta. Desayuné con él esta mañana. Me habló de una mujer con la que se acostó anoche, una rubia. —Dijo esto último para reiterar nuestra teoría de la obsesión de Mark por las rubias y la posible conexión con Erin Mills—. También está lo de la camarera de esta tarde. Ella era algo seguro. No lo iba a rechazar.

—También rubia —añadí—. Y si no hubiésemos llegado, ahora estarían juntos.

Los otros agentes salieron de la casa para esperar fuera. No había ningún crimen aquí, y no teníamos ninguna prueba real de que Mark estuviera involucrado, solo sensaciones viscerales. Le habíamos dicho a Sam que se dejara llevar por su instinto, y sabíamos que el nuestro era el correcto ahora.

Joder, eso esperaba.

—Es demasiado listo como para traerla aquí —dijo Hardin, frotándose la barba—. Perdimos tiempo.

—Un oficial fue a la casa de Sam y tampoco hay nadie —dijo Miranski.

—Hay hoteles y cabañas vacacionales —añadió Nix.

—¿Vuestros padres han hablado con él? —le pregunté a Hardin.

Negó con la cabeza.

—Están en...

Sus ojos se encontraron con los míos y me miró fijamente.

—Sé dónde están.

Mierda. El lugar perfecto.

—Sí.

—Vamos.

Corrimos hacia la puerta y Nix y Miranski nos siguieron.

15

 AM

—¿Mataste a Erin Mills? —pregunté, tratando de apartarme de él.

Con una mano en la cadera, me tiró de nuevo a la cama y frunció el ceño.

—¿De qué estás hablando?

Por primera vez desde que lo conocí, parecía estar perdido. Completamente confundido.

—Era rubia —dije.

Se quedó pensando y me di cuenta de que no estaba pensando en quitarme los pantalones. Iba a violarme, no tenía la menor duda, pero lo retendría todo el tiempo posible.

—Muy rubia, en todas partes.

Fruncí el ceño. Luego comprendí.

—Me la tiré. Como has dicho, es mi tipo y era buena en

la cama, pero no tenía ninguna razón para matarla. Solo me servía viva. La necrofilia no es lo mío.

Fruncí el ceño y entré en pánico. Tuvo algo con Erin, claramente había tenido sexo con ella más de una vez.

—Y con Marion de Recursos Humanos —añadí.

—Y con Marion, y otras rubias. Más de las que puedo contar.

—¿Entonces por qué me haces esto? Ellas accedieron.

Entonces sonrió.

—¿Verdad? —pregunté, con la voz chillona.

—¿Quieres hablar de otras mujeres mientras te follo?

—No, yo...

Sus manos volvieron a buscar la soga de mi pantalón; me aparté como pude y me llevé las rodillas hacia el pecho.

—No —dije.

No tenía de dónde aferrarme con las manos encima de la cabeza, pero no iba a dejar que lo hiciera. Estaba experimentando una respuesta aguda al estrés —o de huida— y no estaba huyendo.

Luchó contra mí, me agarró los pantalones y tiró de ellos. Los pantalones se aflojaron, pero me balanceé sobre una pierna con fuerza y le di una patada.

—Perra —masculló.

Su mirada se volvió aterradora, sus músculos se tensaron, los tendones de su cuello sobresalían.

—No —grité.

Estaba decidida a quitarme a Mark de encima. Tiré de las sogas y pateé a la nada, luchando para alejarlo de mí. Escuché gritos y dejé de sentir sus manos, pero luego volví a sentirlas.

—¡Suéltame! —chillé, dando patadas.

—Sam —dijo la voz de un hombre, no Mark—. ¡Para Sam! Soy Mac.

¿Mac? Me congelé y abrí los ojos, pero todo estaba borroso.

—¿Mac? —dije.

Por la lucha, se me habían caído las gafas. Alguien me las colocó con suavidad. La mancha negra que había estado ante mí se centró en Mac.

—Oh, Dios, Mac —grité—. Mark está aquí. Me va a hacer daño.

—No, no te hará daño nunca más —vociferó Mac.

Levanté la cabeza de la almohada y vi a Hardin encima de Mark, el cual estaba levantándose del suelo. La nariz sangraba profusamente y le había caído en la camisa de vestir. Hardin tenía los puños apretados y la expresión de su rostro me asustó.

—Secuestraste a Sam e ibas a violarla —gruñó Hardin, limpiándose la boca con el dorso de la mano.

—Os abrió las piernas a ti y a Mac pero no a mí. Por Dios, es un maldito convicto —dijo Mark.

—Y por eso le rompiste la llanta.

Mark negó con la cabeza lentamente.

—Joder, es que mi hermano no puede ni pensar. No eres más que un mecánico perdedor.

Los ojos de Hardin se abrieron de par en par al escuchar esas palabras, como si nunca le hubiese escuchado cosas así a Mark.

—Hice que le cortaran la llanta para que viniera a mí. Yo calmaria sus miedos... en la cama.

—Y no te funcionó, ¿verdad? —espetó Hardin.

Mark negó con la cabeza y utilizó la manga para limpiarse la sangre de la cara.

—La llevó a la persona equivocada.

—A mí —agregó Mac.

Empezaba a ver las profundidades de la locura de Mark.

Sentía el tirón de las ataduras en mis muñecas. Estar inmovilizada me hizo entrar en pánico.

—Mac, desátame las manos, por favor —chillé, tirando de las muñecas. Ya no podía aguantar un segundo más.

Mac se giró para mirarme, sacó una navaja del bolsillo y la abrió.

—No te muevas.

Rápidamente fui liberada y la soga se desprendió.

Me levanté y me lancé sobre Mac. Él me abrazó fuerte.

Dios, olía bien, igual que el jabón de su ducha, y se sentía maravilloso y real.

Miré a Hardin, que había visto a Mac liberarme, pero volvió a centrarse en su hermano.

—Y te metiste en su piso.

—No lo he hecho yo.

—Mandaste a alguien a hacerlo —aclaró Hardin—. Y cuando echamos a perder tus oportunidades con Sarah, la camarera...

Mark se encogió de hombros y utilizó una mano para intentar levantarse del suelo. Hardin volvió a empujar a Mark con la bota, el cual gruñó al caer.

—Si te metes con lo mío, me meto con lo tuyo. —Mark sonrió, con los dientes manchados de sangre—. Me tiro lo tuyo.

Nix entró al dormitorio, se agachó y agarró a Mark por el brazo. Lo levantó y le puso las esposas. Tenía la impresión de que siempre estuvo afuera del dormitorio, escuchando. Empujó a Mark por el pasillo, y lo escuché maldiciendo todo el tiempo mientras Nix le leía con calma sus derechos Miranda.

Mac me miró, me recorrió la cara, el pelo y el cuerpo.

—¿Te encuentras bien?

—Me han golpeado en la cabeza, pero no es nada grave

—respondí, levantando la mano hacia donde notaba el bulto—. No tuvo chance de hacerme daño. Llegasteis a tiempo.

Mac exhaló con fuerza, y sentí que la tensión abandonaba su cuerpo.

Hardin cerró los ojos y dejó caer los hombros.

—Jode —susurró para sí.

Me aparté de los brazos de Mac y corrí por la cama para arrodillarme en el colchón frente a Hardin, que abrió los ojos.

—Lo siento mucho —dije, y un sollozo escapó.

—¿Que lo sientes? —preguntó él, echando la cabeza hacia atrás como si le hubiera dado un puñetazo.

Asentí con la cabeza y lloré desconsoladamente.

—Es tu hermano.

—Joder, Sam. —Se arrodilló en el suelo para estar a la altura de mis ojos. Me acarició las mejillas suavemente y me secó las lágrimas con las yemas de sus pulgares. Sus ojos estaban tan angustiados, devastados, doloridos—. No tienes nada de qué disculparte, cielo. Mark... él... Cristo, lo que ha hecho.

—Veo lo mucho que te afecta.

Entrecerró los ojos, me estudió y negó con la cabeza.

—No. Lo has entendido mal. Estoy así por ti. Por lo que te hizo. Por lo que iba a hacer.

—Es tu hermano —repetí.

Negó con la cabeza.

—¿No te has dado cuenta de que eres lo más importante en mi vida? ¿De que haríamos cualquier cosa por ti?

Me quedé callada. Me sentía abrumada.

—Estoy enamorado de ti, Sam —dijo Hardin, con la voz ronca llena de emociones.

—Los dos estamos enamorados de ti —agregó Mac.

Estaba en la cama sentado a mi lado y me frotó la espalda con la mano como si no pudiese evitar el tocarme—. Te hemos buscado por todas partes.

Les dediqué una sonrisa. La adrenalina comenzaba a disiparse.

—Me encontrasteis. Estoy tan feliz de que me encontrarais. Quiero salir de aquí... Por favor, ¿nos podemos ir? No sé a dónde me ha traído, pero ya no quiero estar aquí.

Cuando Hardin se puso en pie, me levantó en sus brazos.

—Esta casa es de mis padres —dijo, aturdido—. Fueron a pasar el invierno en Arizona.

La casa de sus padres. Oh, Dios, ¿este horrible desastre ocurrió en el lugar donde creció? ¿Era este su dormitorio de la infancia o el de Mark?

Me sacó en brazos del dormitorio. Se sentía tan bien que me cargara, saber que me llevaba a un lugar seguro. Mac nos siguió por las escaleras, la cual daba a una sala de estar. Había varios oficiales en el área, y reconocí a los dos detectives de esta mañana.

—Mark va en vía a la estación —dijo Nix a los tres. Luego me miró a mí—. Tus hombres se esforzaron por encontrarte.

Miré a Hardin.

—Bájame, por favor. Puedo estar de pie.

—Le golpearon la cabeza —les dijo Mac.

Hardin me abrazó aún más fuerte.

—Tienes que ir al hospital.

Sacudí la cabeza y sentí que palpitó.

—Soy médica. Tengo un hematoma en la parte posterior del cráneo. No hubo concusión. Me duelen las muñecas. Necesito una pomada, analgésicos y reposo.

—El reposo en cama es un hecho —afirmó Hardin.

Mi cuerpo se calentó al escucharlo. Esperaba que lo que había inferido fuese lo mismo que pensaba. Quería estar acostada en la cama con Hardin y Mac. No quería estar sola. Dios, habían entrado en mi piso y Mark me había agredido. No sabía si iba a poder a estar sola otra vez.

—Has pasado por mucho. Podemos interrogarte mañana cuando te sientas mejor —dijo Miranski.

—Vale. Estará en mi casa —dijo Hardin.

Debió sentir que me relajaba tras esas palabras porque me miró. La rabia había desaparecido, pero no parecía nada tranquilo. Su vida había dado un vuelco en cuestión de pocas horas. La familia que conocía se había destruido.

—Por favor, déjame pararme —dije casi suplicando.

Me bajó a regañadientes, pero mantuvo un brazo en mi cintura, quizá temeroso de que me cayera o que desapareciera.

—Responderé a sus preguntas. Quiero acabar con esto —dije, y Miranski asintió.

—Cuéntanos qué ha pasado —agregó ella.

Alargué el brazo y me toqué la nuca. Intenté no hacer una mueca de dolor. Si Mac o Hardin veían que me dolía, me llevarían ellos mismos a Urgencias.

—No vi quién me golpeó, se acercó demasiado rápido, pero no creo que haya sido Mark.

Nix negó con la cabeza.

—Nosotros tampoco creemos que haya sido él. Esperemos que Mark nos diga el nombre del responsable.

—Nunca vi a nadie más, solo a Mark. Me desperté atada a la cama de arriba.

Miré a Hardin y a Mac. Estábamos en una sala de estar. En la pared se encontraba situada una chimenea de rocas de río. A ambos lados había ventanales amplios con vistas a los campos y las montañas. Era una casa bonita, bien decorada y que daba una sensación de hogar. Le pertenecía a los padres de Hardin. ¿Cómo iban a reaccionar con esta noticia? Su casa había sido utilizada como escena del crimen... por uno de sus hijos.

Me lamí los labios y me incliné hacia Hardin. Quizá había sido yo la secuestrada, pero él debía de estar sintiéndose muy mal.

—Solo llevo unos meses en Cutthroat. Vine a vivir aquí por el trabajo en el hospital. Mark empezó a invitarme a salir desde la primera semana. Yo siempre lo rechacé. A él no le gustaba tener un no por respuesta y siguió insistiendo. Como pensamos, le gustan las rubias. —Miré a Hardin, cuya mandíbula estaba apretada.

—Prosigue —dijo él, con los orificios nasales dilatados cada vez que inhalaba.

—Seguí reportándolo con Recursos Humanos, pero no hicieron nada. Resulta que la mujer que trabaja allí es una de sus conquistas.

—Arriba dijo que le cabreaba que estuviésemos juntos —dijo Mac.

Nix asintió.

—Lo escuché. El rechazo, combinado con el interés que tenía Sam por ti, y luego por los dos, debe haberlo llevado al límite.

—Admitió que se acostó con Erin Mills pero que no la mató —les dije—. No sé si esté mintiendo o no, pero no creo que lo haya hecho.

—¿Crees que tal vez la persona que te golpeó en la cabeza lo hizo por él? —preguntó Miranski.

Me encogí de hombros.

—Puede ser, pero a Mark le gusta la dominación sexual, la subyugación femenina. Lo estudié en mis clases de psicología y trabajé con pacientes como él durante mi rotación de psicología. Es un depredador sexual, un sociópata al que le gusta que lo adulen y adoren. Erin no le iba a proporcionar ningún beneficio estando muerta. Tal vez fue entonces cuando se obsesionó conmigo.

ARDIN

Conduje hasta mi casa con Sam entre nosotros. Después de pasar un minuto sentada tan quieta y tensa como una estatua, se inclinó hacia mí y apoyó la cabeza en mi hombro. El gesto, aunque completamente inocente, fue toda la seguridad que necesitaba de que estaba aquí conmigo, de que se sentía segura, completa, mía... nuestra.

Mac me miró y volvió a mirar la carretera. Apoyé la palma de la mano en el muslo de Sam y la mantuve allí el resto del camino. Intenté no apretar los dedos por mucho que quisiera cerrar el puño y golpear el volante pensando en lo que había pasado.

No sabía cómo iba a superar esto. Mi relajado hermano, con el que planeaba pasear en moto de nieve esta semana, era un secuestrador. Un acosador. Posiblemente un asesino. Muy posiblemente un violador.

Había llevado a Sam a casa de nuestros padres... a casa

de *nuestros padres*... para lastimarla. Ellos no volverían hasta febrero, por lo que estaba vacía. Además, estaba ubicada en un terreno amplio donde nadie podía oír... No. Hice a un lado ese pensamiento.

Me aferré al volante con la mano izquierda. Tenía que dejar pasar esta mierda, al menos por ahora. Por Sam.

Mañana llamaría a mis padres y les contaría lo que estaba pasando. Solo entonces pensaría en Mark y en lo que había hecho. Era como si se tratase de dos personas completamente diferentes.

Sam nos necesitaba esta noche.

Apenas se cerró la puerta del garaje y apagué el motor, vimos que estaba dormida. Ni de coña la despertaría. Había trabajado y luego regresado al hospital a operar por una emergencia, luego la habían golpeado en la cabeza, quedó secuestrada y aterrorizada. Probablemente tendría pesadillas, pero nosotros estaríamos allí para ella. La abrazaríamos hasta que se calmara y después la dejaríamos dormir un poco más.

La llevé dentro, directamente a mi dormitorio. Mac quitó las sábanas y las mantas, y luego la acosté. Le quitamos los zapatos y la arropamos. Se veía perfecta en mi cama. Saber que estaba aquí hizo que se me agitara la polla en los vaqueros. Ahora no era el momento. No podía tocarla, no con la rabia, la ira y el odio que me carcomían por dentro. No quería que viera nada de eso, ni que lo sintiera, porque no iba dirigido a ella.

Tenía que dejarlo salir antes de que se despertara, antes de tocarla y demostrarle que era lo más preciado del mundo.

—Ve. Yo me quedaré con ella —susurró Mac, sentándose a los pies de la cama y quitándose los zapatos.

Él sabía que no podía subir a la cama ahora, que estaba

casi arrancándome la piel. Sabía que, aunque quería estar aquí para Sam, no podía. No podía tocarla, no con estas manos. Todavía no.

La miré por última vez para asegurarme de que realmente estaba aquí, a salvo, y asentí. Mac no permitiría que le pasara nada. Salí de casa por la puerta trasera y me dirigí a la pila de leña que alimentaba mi estufa de hierro fundido. La temperatura estaba por debajo del punto de congelación, pero no la sentía. Cogí el hacha, agarré un trozo de madera que había que cortar y lo puse sobre el tronco base. Levanté el hacha y la balanceé. Corté la madera. Podría haberla comprado ya cortada, pero el proceso metódico de cortarla me tranquilizaba. Por ahora era la forma en que podría drenar. Podía imaginar a mi hermano mientras blandía el hacha. No sabía por cuánto tiempo había trabajado, pero estaba empapado de sudor cuando el montón quedó diezmado y la angustia se hubo disipado. El odio persistía, pero no creía que fuese a desaparecer nunca.

―――

Me despertó una mano agarrándome la polla. La manito carecía de destreza, pero a mi polla no le importaba.

Gemí por la increíble sensación, abrí los ojos y miré la cara de Sam. Era de día. El sol entraba por la ventana. Ella se mordió el labio y me estudió, todavía tocándome. Después de cortar la madera, me duché y me metí en la cama junto a ella a eso de las dos de la mañana. Ella estaba dormida junto a Mac.

―Hola ―susurró.

Me acerqué a ella y le metí un mechón de pelo detrás de la oreja. Mis caderas se agitaron cuando me pasó el pulgar por el glande.

—Qué buena forma de despertar —dije con voz ronca.

—No sé lo que hago —admitió.

—No susurres por mí —dijo Mac desde el otro lado de ella—. ¿Crees que voy a dormir con esto? —Se sentó, acomodó la almohada detrás de su espalda y se apoyó en el cabecero. Se había quitado la camisa. La manta le caía a la cintura y podía ver la parte superior de sus vaqueros.

—Lo que sea que hagas es increíble. Créeme, no puedes hacer nada malo si tus manos están sobre mí —dije.

Ella esbozó una sonrisa tímida.

—Quiero darte placer —respondió.

—Ya lo haces.

—Vale, mucho más.

Le agarré la muñeca debajo de la sábana y la detuve, pero ella no me soltó.

—No tienes que hacerlo.

Abrió los dedos y rechiné los dientes.

—No quieres... Lo siento —susurró y apartó la mirada.

—Escucha, cielo. Has pasado por... Joder. No quiero asustarte. Te han pasado muchas cosas.

—Hardin, míralo así. De no ser por lo que hizo Mark, no nos habríamos conocido.

Como todavía le sujetaba la muñeca, se subió las gafas con la mano izquierda.

Mac se rio.

—Es cierto. No te habría fascinado tanto mi polla en Urgencias para que quisieras más.

Ella puso los ojos en blanco y sonrió. Mark hizo que alguien le pinchara la llanta con la esperanza de que corriera a sus brazos cual una damisela en apuros. En lugar de eso, nos hizo ir a nosotros con la grúa. A nosotros y a nuestras pollas. Ella tenía razón. Odiaba a Mark, joder, pero, quizás, pensarlo así haría que no lo matara.

—Necesito saber que todavía me quieres —susurró, con un tono de voz repentinamente inseguro.

Dios, esto era culpa mía. Tiré de ella y la ubiqué encima de mí para que estuviera lo suficientemente cerca como para poder ver las pecas de su nariz.

—Eso es algo que no tienes que cuestionar nunca. Yo siempre te querré. —Giré las caderas para que pudiera sentir lo dura que la tenía.

Mac le pasó una mano por el pelo y por toda la espalda. Todavía llevaba puesto el uniforme de anoche. Quería tenerla desnuda, pero tenía que tener cuidado. Teníamos todo el tiempo del mundo.

—Los dos te querremos siempre —agregó él.

Ella lo miró y contempló su pecho desnudo. Éramos tan diferentes, él con sus tatuajes y su mirada melancólica; yo con mi tamaño enorme.

—Mostrádmelo.

Hice una pausa y estudié su rostro.

—No queremos hacerte daño.

—Dijisteis que nunca me haríais daño aquel día que nos conocimos en el aparcamiento.

—Así es.

—Mostrádmelo —repitió—. Por favor.

Tras hacer un rápido movimiento, nos giré para que quedara debajo de mí, apoyando mi peso en los antebrazos. La miré una vez más, pero no vi nada más que deseo. No había oscuridad allí, ni sombras, ni inquietud.

La besé. Le rocé los labios con los míos suavemente, una y otra vez hasta que ella levantó la cabeza para intentar profundizar. Me rozó el labio con la lengua, pero yo seguía sin avanzar.

—Hardin —gimoteó, dejando caer la cabeza sobre la almohada—. No te contengas.

Sacudí la cabeza.

—Estás... Es que...

—Estoy bien. Necesito sentir tu fuerza, tu rudeza. Lo necesito. Te necesito a ti. Os necesito.

Recorrí su rostro con la mirada. Escuché sus palabras, supe que las decía en serio, pero no pude.

—Quieres a tus hombres, ¿verdad, cariño? —preguntó Mac.

Ella giró la cabeza y lo miró.

—Sí.

—Ya no eres virgen. Podemos follarte duro como queremos, como lo hemos imaginado.

—Sí —repitió ella, esta vez agitada. Pude sentir su piel calentarse debajo de mí incluso con la ropa puesta—. Por favor.

Gruñí. Mi polla le decía a mi cerebro que se callara de una puta vez.

Mac me miró.

—Fóllala, Hardin, y no te contengas. No podemos cambiar lo que ocurrió ayer, pero no nos puede cambiar a nosotros. Si lo permitimos, él gana.

Tenía razón. Miré a Sam.

—Te amo.

Ella sonrió y todo dentro de mí cambió. Era mía, y le iba a demostrar cuánto.

SAM

Entonces Hardin me besó fuerte, profundo, salvaje. Me giró para volver a ponerme encima. Él y Mac me quitaron la ropa. Hardin ya estaba desnudo, y Mac se quitó los vaqueros para que todos estuviéramos desnudos. Hardin estaba a un lado de mí, con su boca en la mía y acariciándome con sus manos. Mac estaba detrás de mí, tocándome y acariciándome también. No sabía de quién era cada mano, solo que estaba entre ellos. Los dos me deseaban.

Una mano me acariciaba un pecho y jugaba con el pezón; otra me acariciaba el coño y me introducía un dedo. Me retorcí mientras me follaba lentamente, como sabía que sus grandes pollas lo harían pronto. Jadeé cuando otro dedo rozó mi entrada trasera. Gemí cuando presionó dentro.

—Así va a ser —me murmuró Mac al oído—. Hardin en tu coño y yo en tu culo.

Me contraje al escuchar las palabras.

—Ah, te gusta la idea, ¿no?

—Sí —susurré, meneando las caderas para meter los dedos más adentro y prolongar el placer.

—Ve por el lubricante —dijo Hardin, poniéndome encima de él. Acomodé las rodillas a ambos lados suyos, pero era tan grande, tan ancho, que mis piernas quedaron bien abiertas.

Mac fue a alguna parte y volvió con una botellita de plástico en la mano.

—Lubricante, cariño. —Abrió la tapa y se aplicó un poco del líquido transparente en los dedos—. Me lo voy a poner en las manos por esta vez.

Hardin me levantó y me bajó sobre él, abriéndome con su polla. Apoyé las manos en su pecho y lo miré fijamente.

—Móntame, vaquerita.

Él sonrió y no pude evitar devolverle la sonrisa. Todavía no me la metía toda, así que me levanté y empujé hacia abajo.

Un rugido escapó de su pecho, así que lo hice de nuevo,

y luego otra vez hasta quedar completamente sentada sobre él.

—Estoy tan llena —chillé.

Me acarició las tetas y jugó con mis duros pezones mientras, al mismo tiempo, su polla me llenaba por completo.

—Joder, qué rico —comentó Mac.

Hardin se movió para besarme y me levantó las caderas. Había hecho esto en el taller por primera vez.

—Aprendes rápido —dijo Mac, y presionó sus dedos pegajosos en mi agujero virgen.

—¡Mac! —grité. Se sentía tan diferente con la polla de Hardin dentro de mí.

—¿Estás lista, cielo? —preguntó Hardin, observándome.

Fruncí el ceño.

—Hora de follar.

¿Es que lo de antes no había sido follar? Me lamí los labios y asentí. Puse las manos en los hombros de Hardin mientras Mac me agarraba las caderas, y a continuación empezaba a follarme de verdad.

Eran movimientos profundos que hacían que llegase hasta el fondo, provocando a su vez que mis pezones se frotaran en el pecho de Hardin.

Mac introdujo un dedo en mi culo con facilidad y empezó a follarme también allí. Estaba teniendo cautela, pero no podía pensar mucho en lo que estaba haciendo, solo sentir. Solo podía pensar en ellos, en cómo me ponían. Me generaban un placer que me dejaba la mente en blanco con el sonido de la carne golpeando, los gemidos y jadeos que se nos escapaban.

Cuando Mac introdujo un segundo dedo, arqueé la espalda y gemí. Ardía, pero se sentía increíble. Estaba tan llena.

Hardin chupó un pezón para aumentar las sensaciones.

Sí que se habían contenido. Esto era salvaje, oscuro y muy travieso. Mac comenzó a hablar. Me dijo obscenidades que me hicieron mojarme más.

—Voy a meter mi polla aquí, cariño. Muy pronto. Hardin te va a follar tan duro que vas a olvidar tu nombre. Luego te voy a poner boca abajo y te voy a seguir follando.

—Sí —susurré. Quería todo lo que decía, todo lo que me estaba dando ahora. Y luego quería más—. Mac, necesito más que solo tus dedos.

Esos dedos se aquietaron y salieron de mí lentamente.

—Vale. Te follaremos allí en otro momento.

Negué con la cabeza, y Hardin se quedó quieto dentro de mí.

—No, quiero decir... quiero que me folles ahí con tu polla, no con tus dedos.

Hardin gruñó y comenzó a moverse otra vez.

—Cuando te hayamos preparado.

—Estoy preparada —respondí.

Miré por encima del hombro y contemplé a Mac, que estaba arrodillado en la cama, desnudo, con esos preciosos tatuajes sobre sus músculos contraídos. Su polla me apuntaba, gruesa y larga, desde su entrepierna.

Recordé la primera vez que lo vi en Urgencias. No creí que me cupiese en el coño. Ahora sabía que sí, y lo deseaba en otro lugar.

—Fóllame el culo ya, con Hardin dentro de mí. Es lo que quieres tú y lo que yo necesito.

No sabía si realmente lo necesitaba, pero mi cuerpo lo deseaba. Necesitaba sentir la conexión con los dos juntos.

Mac miró a Hardin. Hubo una especie de mensaje telepático entre ellos y, de pronto, se pusieron en marcha.

Mac se bajó de la cama. Hardin se movió para ubicarnos

en la misma posición pero a un lado de la cama, con las rodillas flexionadas y los pies en el suelo.

Miré por encima de mi hombro a Mac meterse entre las piernas abiertas de Hardin. Estaba untándose más lubricante en la polla y frotándola por todas partes con la mano hasta dejarla completamente cubierta.

Volvió a llevar la mano a mi culo y sus dedos volvieron a introducirse en él. Hardin se mantuvo quieto mientras Mac me estimulaba cuidadosamente, haciendo una tijera con los dedos y abriéndome hasta dejarme lubricada.

Jadeé y giré las caderas. No me dolía, pero el estiramiento ardía un poco. Y había algo más, sensaciones que nunca había esperado, que nunca había conseguido masturbándome ni con los juguetes.

—Está lista —le dijo Mac a Hardin.

—Pues qué bien. Ya no puedo aguantar más, joder —gruñó Hardin.

Mac se acercó, y entonces volví a mirar a Hardin.

—Respira profundo —me indicó—. Buena chica. Exhala.

—Oh —jadeé cuando la polla de Mac presionó mi entrada. Me contraje por instinto. Hardin maldijo y yo respiré profundamente otra vez e intenté relajarme.

—Déjame entrar, cariño. Ábreme ese agujero virgen. Buena chica. Nos querías a los dos. Querías que no nos contuviéramos. Somos nosotros, Sam, follándote y amándote.

Atravesó el apretado anillo y gemí. Tenía dos pollas dentro. Dos pollas grandes. Mac la saco, la empujó hacia adelante, con movimientos lentos y controlados hasta entrar por completo.

—¡Oh, Dios mío! —dije.

Hardin levantó la cabeza y me besó.

—Ahora follemos, cielo.

Los sentía por delante y por detrás. Dentro de mí, rodeándome a mí: la virgen ingenua.

Pero esa ya no era yo. Era Sam Smyth, su mujer. No era frígida; era erótica y apasionada.

—Ahora follemos —repetí.

Comenzaron a moverse entonces, sin contenerse. Mac posó una mano en mi hombro mientras me sujetaba para follarme. Salió por completo, y luego empujó profundamente. No con fuerza, porque mi culo no estaba realmente diseñado para ser penetrado, pero Dios..., se sentía... tan pero tan bien.

Hardin me levantó y me bajó, agarrándome las caderas para follarme profundamente. Alternaban sus movimientos y me penetraban con sus pollas.

Cerré los ojos, dejé que me sujetaran, que me movieran, que me usaran.

Mi clítoris rozaba a Hardin, y me corrí una vez, dos veces, tres veces. Grité la primera, supliqué en la segunda para que no se detuvieran, y ya no tuve voz para la tercera.

Eran insaciables. Su resistencia sexual era impresionante. No se corrieron hasta que estuve yo sudada, repleta y saciada entre ellos. Hardin se corrió con un gruñido, seguramente dejándome moratones en las caderas. Mac se enterró en lo profundo, y sentí el calor de su semen llenándome.

No me moví. No podía. Mac sacó la polla y gemí. Hardin giró y me puso de espaldas. Él también me la sacó y sentí su semen derramarse y llenarme el coño, marcándome no solo a mí, sino también las sábanas debajo.

Más tarde pensaría en el hecho de que no habíamos usado protección. Mi cerebro de médico debería estar gritándome ahora, pero no podía pensar. No podía hacer nada más que disfrutar de la plenitud y las endorfinas. Una toalla tibia y húmeda me limpió, y al cabo de un rato me ubicaron entre los dos. Dos cuerpos duros rodeándome y acariciándome, susurrándome palabras de amor al oído.

Tenía a dos hombres que me amaban, que me deseaban, que me necesitaban.

Me consideraban un genio. Mi cerebro estaba lleno de mucho conocimiento. Sin embargo, en este momento comprendí que la vida era simple. Solo había una cosa que aprender: el amor era lo único que importaba. Nada más con saber eso, que ellos me amaban y que yo los amaba ellos, la vida era perfecta.

CONTENIDO EXTRA

¿Adivina qué? Tengo contenido extra para ti. Así que regístrate en mi lista de correo electrónico. Habrá contenido extra especial, solo para mis suscriptores. Registrarte te permitirá saber sobre mi próxima publicación tan pronto como esté disponible (y recibes un libro gratis… ¡uau!)

Como siempre… ¡gracias por amar mis libros y las montadas salvajes!

http://vanessavaleauthor.com/lista/

¡RECIBE UN LIBRO GRATIS!

Únete a mi lista de correo electrónico para ser el primero en saber de las nuevas publicaciones, libros gratis, precios especiales y otros premios de la autora.

http://vanessavaleauthor.com/v/ed

TODOS LOS LIBROS DE VANESSA VALE EN ESPAÑOL

https://vanessavaleauthor.com/book-categories/espanol/

ACERCA DE LA AUTORA

Vanessa Vale es una de las autoras más vendidas de USA Today. Sus novelas románticas y sexys incluyen sus populares series de romances históricos en Bridgewater y novedosos romances contemporáneos. Con más de un millón de libros vendidos, Vanessa escribe sobre chicos malos sin reparo alguno, que no solo se enamoran, sino que se enamoran perdidamente. Sus libros están disponibles en todo el mundo en varios idiomas, en libros electrónicos, impresos, de audio e incluso como un juego en línea. Cuando Vanessa no está escribiendo, saborea la locura de criar a dos niños y descubre cuántas comidas puede preparar con una olla a presión. Si bien no es tan hábil en las redes sociales como sus hijos, le encanta interactuar con los lectores.

https://vanessavaleauthor.com

 facebook.com/vanessavaleauthor
 twitter.com/iamvanessavale
 instagram.com/vanessa_vale_author
 bookbub.com/profile/vanessa-vale

www.ingramcontent.com/pod-product-compliance
Lightning Source LLC
LaVergne TN
LVHW011834060526
838200LV00053B/4013